Galar na bhFocal

Galar na bhFocal
agus scéalta eile

Deasún Breatnach

An Clóchomhar Tta
Baile Átha Cliath

An Chéad Chló 1999
© An Clóchomhar Tta

ISBN 0-903758-86-5

Dearadh agus Clóchur: Peanntrónaic Teo.
Clódóirí: Dundalgan Press

Clár

Réamhrá

B'as saol na leithscéalta, saol nár tháinig mórán athruithe air le breis is 70 bliain, a fáisceadh mise: Leithscéalta faoin gcríchdheighilt, leithscéalta faoi Ghaeilge, faoi shaoirse, faoi na logainmneacha, faoi cheart na cosmhuintire, faoin eisimirce, faoi bhochtanas, faoin sean, faoin gcláiríneach, faoin oiread sin cúrsaí, in ainneoin dá raibh geallta i bhForógra na Cásca i 1916. Agus i rith an ama sin uilig bhí ag méadú i gcónaí ar an mbearna idir daibhreas agus saibhreas, idir an sóch agus an dóch.

Lena chois sin, ar ndóigh, bhíodh teorainn idir an rud i d'intinn is an rud a bhí faiseanta a rá agus, go bhfóire Dia orainn, an méid a bhíodh ceadaithe a scríobh nó a fhoilsiú.

Uair sna daichidí, d'iarr fear orm, Seán Dorman, eagarthóir ar iris a rinne freastal áirithe ar an ealaín, mar a bhí *Commentary*, cabhrú leis sa bhfo-eagarthóireacht, go ndearna sé eagarthóir cúnta díom, rud a cuireadh in iúl i gcló san iris ar ball, sa gcaoi go bhfaca Ridirí Cholmbáin é, is gur bhagair siad orm. Eagarfhocal san iris a mhol an colscaradh a ba chúis le buairt na Ridirí.

Faoin am seo, ní rabhas fostaithe ag éinne, mé sásta aistí a scríobh dóibh siúd a bhí sásta iad a fhoilsiú agus íoc astu, agus ba chuma sa riach liom cé an pholaitíocht nó creideamh nó eile a chleacht siad nó a lig orthu féin; ach go deimhin bhí dúiseacht i ndán dom. Ar na hirisí a scríobhainn dóibh ó am go chéile bhí an sean-*Hibernia*. Agus, i ngan fhios domsa, páipéar na Ridirí a bhí ann, rud a chuir an t-eagarthóir in iúl dom nuair a chuir sé fios orm. An fear bocht, bhí an-náire go deo air. Ar aon chaoi, mhínigh sé cúrsaí. B'amhlaidh a bhí na Ridirí tar éis ordú dó gan aon scríbhinn eile liomsa a fhoilsiú mura mbeinnse sásta éirí as bheith i m'eagarthóir cúnta ar *Commentary*.

Seafóid, arsa mise liom féin, agus trua agam don eagarthóir bocht a bhí chomh dáimhiúil agus chomh cairdiúil liom i gcónaí.

Ach ní hea, ar chor ar bith, arsa Seán Dorman liom. Chaithfeá a bheith aireach, a Dheasúin. *Realpolitik!*

Shoilsigh sé cúrsaí. B'amhlaidh a bhí cumhacht as cuimse ag na Ridirí. Go díreach nó go hindíreach, bhí smacht acu ar gach rud, go háirithe sna meáin chumarsáide. Níor mhór dom aird a thabhairt orthu agus ar a mbagairt; agus bhí sé féin sásta m'ainm a bhaint den iris, chun mé a chosaint, ach dhiúltaigh mé don tairiscint. Ní cuimhin liom anois céard é a rinne Seán, umhlú do bhagairt na Ridirí nó a mhalairt. Ach lean sé de bheith ag glacadh le mo chuid oibre agus d'iarr sé orm agallamh a chur ar roinnt daoine a bhí mór le rá faoin am, ar son na hirise, agus d'fhoilsigh sé mo shaothar faoin ainm cleite a thaithigh mé ar feadh mo shaoil scríbhneoireachta, ach amháin nuair a thosaíos ag scríobh i nGaeilge.

Ar na daoine ar chuireas agallamh orthu don iris bhí Seán Ó Faoláin agus Jack B. Yeats, agus d'éirigh cairdeas eadrainn a mhair fad a d'fhanadar beo. Bhí gaol éigin idir Seán Dorman agus Seán Ó Faoláin. Ar aon chaoi, b'amhlaidh a d'oscail an t-agallamh úd doras *The Bell* dom.

Bagairt na Ridirí, rinne sé fabhar dom, nó d'éiríos fiosrach faoin gcinsireacht agus rinneas an taighde a d'oscail mo shúile saonta dom, agus d'fhoilsigh *The Bell* an toradh.

Cinsireacht a ba chúis le 'Rex Mac Gall' a bheith roghnaithe agam mar ainm cleite: '*I never had a rex to my name and put it there*,' mar a mhínigh mé do mo chairde! Tamall tar éis tosú an chogaidh (1939-45), isteach sa mbeairic i bPortabello, Ráth Maonais, Baile Átha Cliath, liom, chun a rá go rabhas sásta neodracht na hÉireann sa gcogadh mór a chosaint agus glacadh liom mar shaighdiúirín singil, ar dtús sa bhFórsa Cosanta Áitiúil, agus beagáinín ina dhiaidh sin, san Arm. De réir a chéile, mar is gnách, fuaireas ardú céime, agus ar ball bhíos i m'oifigeach airm san 18ú Cathlán agus i m'eagarthóir ar *Hot Press*, nuachtán bhalla an chathláin.

Maidin go moch, agus mé i m'oifigeach lae sna 'Hib. Schools', Páirc an Fhionnuisce, Baile Átha Cliath, mar a thugtaí ar an mbeairic a raibh an 18ú i seilbh uirthi, rith sé liom nár mhiste an *New York Herald Tribune* a thriail trí aiste a scríobh ar mo thír neodrach. Shuíos os comhair clóscríobháin in oifig an Aidiúnaigh, agus go mall, mar ní raibh mórán taithí agam ar an ngléas, chuireas cló ar mo smaointí le dhá mhéar (nós atá slán agam i gcónaí, dála an scéil). Ina dhiaidh sin b'éigean dom mo chéad taighde ar an gcinsireacht a dhéanamh. An chéad cheist: An mbeadh cead agam mar shaighdiúir aiste a scríobh agus í a sheoladh amach go dtí tír eachtrannach, go háirithe in aimsir chogaidh?

Trí chineál a bhí i gceist: Cinsireacht ar an litríocht, cinsireacht mhíleata an phreas, agus cinsireacht shibhialta an phreas. De réir rialacha an Airm (mar atáid léirithe sna DFR, Rialacha Fhórsa Cosanta an stáit), dá mbeadh ainm cleite agam ní bhacfadh an tArm liom, agus ní sháróinnse aon dlí míleata. Ba shin an t-am nuair a rugadh 'Rex Mac Gall' agus ba shin an t-ainm a bhí ag dul leis an gcéad aiste liom a foilsíodh, an ceann sin faoi neodracht na hÉireann a cuireadh i gcló ar an *New York Herald Tribune*, seachtain nó dhó ina dhiaidh sin.

Scríobhas arís ar an neodracht úd, ach i ndán an babhta seo, agus d'fhoilsigh *The Irish Times* é, faoi Nollaig, sa mbliain 1944. Tony Gray a bhí ina eagarthóir litríochta faoin am agus dúirt sé liom gurbh éigean dóibh an dán a chur faoi bhráid an chinsire, b'fhéidir an bheirt díobh, fear na litríochta agus fear an phreas, ní cuimhin liom; ach, ar aon chaoi, slán a tháinig an dán, 'Adeste Fidelis', ón mbeirt, agus foilsíodh é go díreach mar a scríobh mise é:

> In Dublin streets are yellow lit,
> scarlet and chrome in fashion row,
> in doorway chanting 'Silent Night'
> near Leeson Bridge a vibrant flow.
> In fearless streets no sudden pit,
> no rubble where a model slow
> will show a curve in creaseless white.
> In London, Berlin, fires will glow,
> will rise, will flood, will splash the sky....

Agus mar sin de. Le fírinne, bhí amhras éigin ormsa maidir leis an 'show a curve...' An ngearrfadh an cinsire amach an líne sin? Dáiríre, b'amhlaidh a bhíodh an chinsireacht chomh damanta seafóideach faoin am sin go bhféadfadh a leithéid a tharlú.

Ar feadh mo shaoil, arís is arís eile, tháinig an chinsireacht idir mé agus mo mhian, go háirithe ar leibhéal na polaitíochta, agus in áiteanna go mb'fhéidir nach mbeifí ag súil leis an truailliú céanna ('Peann agus Pár' ar *Raidió na Gaeltachta*). Sna seachtóidí, d'éiríos as eagarthóireacht ar *An Phoblacht* (seachtanán de chuid Ghluaiseacht na Poblachta) nuair a thugas faoi deara go raibh cinsireacht ar siúl ar mo chuid oibre. Nár thusa a bhí fós saonta, a Dheasúin!

An lá atá inniu ann (mé ag scríobh ar bhruach na mílaoise), tá laghdú áirithe ar an reachtaíocht a bhaineas le cinsireacht, nó lena cur i bhfeidhm, go háirithe le cinsireacht na leabhar, na nuachtán, na n-irisí agus eile, agus gnéithe áirithe den leabhal graosta i gceist. Cinsireacht oifigiúil, cinsireacht an stáit, ar ndóigh, nó tá an chinsireacht neamhoifigiúil ann i gcónaí. Ní raibh cinsireacht oifigiúil ar an amharclann sa stát seo riamh, aisteach go leor, ach bhí agus tá fós ar scannáin. Tá an chosúlacht ann go bhfuil an teilifís saor ó chinsireacht toisc, b'fhéidir, nach bhféadfaí í a chur i bhfeidhm agus an oiread sin cainéal ón iasacht mar rogha ag an Éireannach.

Go teoiriciúil, tá cosc ar an bpornagrafaíocht, ach tá sí ag méadú in aghaidh an lae, go háirithe san oíche, 'nuair atá na gasúir cheana féin sa leaba'. Ní maith liom í, ar roinnt mhaith cúiseanna, go mór mór toisc go ndéanann sí earra den bhean (agus, i ngnéithe áirithe di, den pháiste). Ó thaobh na healaíne de, níl áit ann di, mar ar an bhfírinne atá an ealaín bunaithe agus ar an mbréag an phornagrafaíocht. Agus is mór an difríocht idir *eros* agus í.

Ó am go chéile, i dtithe tábhairne, go deireanach san oíche, chonaiceas fógraíocht do chainéal na pornagrafaíochta. Ceadaíonn dlíthe na hAondachta Eorpaí dá leithéid. Ar ndóigh, ní haon iontas é sin, óir ar chaipitleachas atá an Aondacht bunaithe agus ní ar ealaín (ní áirím *bon goût*).

Is dócha gur ceist mhór atá againn anseo. Más ceadmhach do dhaoine iad féin a mharú as caitheamh an tobac (agus don stát brabús a shaothrú air), cén fáth nach mbeadh cead ag daoine a spioradáltacht nó a gcéadfa don ealaín a lot, freisin? Sin cuid den argóint, is dócha. Agus faoi mar is fíor i roinnt mhaith eile, is in oideachas maith atá an leigheas, agus dea-shampla ónár gcinnirí. Ach, mar is rí-eol le tamall, faraor, bhí an dá rud in easnamh go mór orainn sa gcéad seo, sa mbaile agus thar lear.

Is í an chinsireacht ar thuairimí polaitiúla an ceann is láidre in Éirinn inniu, thuaidh theas. Córas príobháideach atá inti, de ghnáth, ach amháin ar raidió agus ar theilifís. Faoi 'pholasaí an nuachtáin' ceadaítear a lán, claonta an eagarthóra san áireamh. Amantaí is ar 'chomhcheilg an bhréagliobrálachais' a chuirtear an milleán, nó ar 'Bhaile Átha Cliath a 4'. Ar chóras oideachais na tíre a chuirfinnse féin an milleán, agus ar an intinn choilíneach a chothaíonn sé; ach tá lámh ag an teilifís i gcúrsaí, freisin, agus cultúr cúng Angla-Mheiriceánach á bhrú chun tosaigh, lena fhoréigean gan srian, lena ábharachas, lena chollaíocht gan freagracht.

Admhaím gur fadhb domsa i gcónaí an ciotamas a dtugann muid *údarás* air. Chomh fada le mo chuimhne, ba sa mbunscoil a thugas faoi deara go raibh a leithéid de sheafóid ann, mé an-óg, mé i mo chiotóg, mé ag foghlaim go cíocrach, mé ag scríobh le mo chiotóg, go glan, go néata, go sothuigthe, ach an tÚdarás ag áiteamh orm, ag ordú dom, ag bagairt orm, do mo bhualadh, fiú, toisc nach rabhas sásta bheith ag scríobh go dona, go suarach, go neamhealaíonta, le mo dheasóg.

In ainm Dé, cén fáth go n-athróinn? Cén fáth go gcaithfinn mo chuid oibre a dhéanamh go dona, go salach, go suarach? Toisc gur mar sin a dhéantar, a Dheasúin!

Is é a dúirt m'intinn liom gur as a meabhair a bhí na daoine fásta, nó an chuid ba mhó díobh. Le breis is seachtó bliain tá an easpa céille úd ag cur as dom. Is fíor go bhfuil deireadh faoi dheireadh le cosc ar an gciotóg agus tú ar scoil; ach ar bhealaí eile tá an intinn chéanna fós i bhfeidhm, agus daoine tiománaithe roimpi mar a bheadh geit chaorach, toisc gur mar sin a dhéantar, a Dheasúin!

Cás Tony Gregory: Ní raibh sé sásta carbhat a chaitheamh agus damnú air! *Shock-horror!* Éan scoite! Agus go háirithe i dteampall úd na bpolaiteoirí, mar atá Teach Laighean! Áras na foirfeachta, Dia linn! Cúis gháire chugainn inniu, b'fhéidir, agus scornach saor ó charbhat le feiceáil chomh minic sin ar TV-5 agus fiú ar RTÉ, ach is cuimhneach liom fir fhásta i seomra na nuachta de chuid an *Irish Independent* agus iad bán san aghaidh, iad ag crith toisc teachta Dála a bheith ag dul thart gan carbhat.

D'éiríos féin as carbhat a chaitheamh mar chuid de mo chuid scolaíochta sa Spáinn, aimsir na deachtóireachta, nuair a cuireadh in iúl dom gur chuid d'íomhá na mbuirgéiseach an carbhat céanna. Faisean arsa tusa; éide a déarfainnse agus, taobh thiar den bhfaisean, deachtóireacht, daoine ina bpuipéid ag mionlach – Cumannaigh (nach Cumannaigh iad); Liobrálaithe (nach liobrálaithe iad); Léirmheastóirí (nach léirmheastóirí iad); Críostaithe (nach dtuigeann bun agus barr na Críostaíochta, mar atá grá).

Tá, mar a dúras anois beag, deireadh le céasadh na bpáistí toisc gur ciotógaí creidmheacha iad. Ach i bhformhór na scoileanna fós féin múchtar dúil nádúrtha an pháiste i bhfoghlaim, fiosracht an dúchais, agus é fós i measc na naíonán. Is é an *murder machine* atá fós dár scrios, dearmad glan déanta ar theagasc an Phiarsaigh, mar a léirigh sé chomh hiontach sin sa scéal úd faoin máthair a bhí buartha faoina mac, a dhona a bhí sé ar scoil, agus a phléigh an scéal le Pádraig.

'Ach,' a deir an Piarsach, 'meas tú an bhfuil spéis ar leith aige in ábhar ar bith?'

Rinne sí a machnamh. Ansin: 'Tá, mhais, sa gceol!'

'Má tá,' arsa an Piarsach, 'ceannaigh feadóg stáin dó!'

Educere: Tá gach rud ráite sa bhfocal féin: cinnireacht; agus trí mheán na feadóige, nó an cheoil, tig linn an mhatamataic a theagasc, an cheimic, an eolaíocht, agus an fhealsúnacht, b'fhéidir. Ach ceacht í sin nach dtuigeann fós an tÚdarás, Dia linn.

Déantar an Victeoireachas a cháineadh agus ní gan fáth. Ach bhí suáilcí áirithe aige mar a bhíonn ag gach ré. San oideachas bhí béim ar lámhscríbhneoireacht néata, glan, sothuigthe. Agus mé i mo ghasúr bhí béim fós ar néatacht; hiarradh orainn a bheith glan inár nósanna, inár n-éadaigh, agus thuig muid an teachtaireacht, mar bhain a leithéid le dínit an duine. Go deimhin, buanchomhartha na daonnachta atá sa ndínit chéanna.

De réir cosúlachta, caitheadh amach an bhéim mhór a bhíodh ag baint leis an néatacht sa ré úd in éindí leis an gcosamar, agus an oiread cúrsaí eile, lámhscríbhneoireacht san áireamh agus, ar ball, in Éirinn agus sa mBreatain ar aon chaoi, an ghramadach, an chomhréir, an cruinneas. Ar ndóigh, lean státseirbhís na hÉireann an máistir i Londain go fíordhílis. Ach mhair an carbhat!

Creidim go paiseanta i saoirse an duine, gur riachtanas bunúsach é do dhul chun cinn an chine ar 'chuile bhealach. Ach insíonn m'intinn dom go gcaithfidh teorainn a bheith le saoirse chun go mbí saoirse, fíorshaoirse, i bhfeidhm agus, go loighiciúil, go gcaithfidh mé cloí le mian an phobail i go leor leor rudaí, fiú i gcaitheamh a leithéide, mar charbhat, ag sochraid, abair, chun nach gcuirfinn as do mhuintir na marbh. Agus a dhona atá an daonlathas, nach measa gach rogha eile, agus i bhfad? Ach, mura bhfuil sa charbhat ach séala an *petitbourgeoisie*, deachtóireacht na haicme sin, diúltaím dó, mar a dhéanann Tony Gregory, bail ó Dhia air.

An rud a chuireann ar mire mé, an mionlach nimhneach úd atá ag dúshaothrú an phobail gan scrupall ar a leas féin, an dream a bhfuil na meáin chumarsáide, agus gach rud eile, ina bpócaí acu. Sin an phéist san úll. Sin an ailse sa gcorp polaitiúil. Luath nó mall, rachaidh siad i gceannas ar gach páirtí polaitiúil, gach córas, lena mbréagliobrálachas, lena fimíneacht lofa.

Níl againn ina gcoinne ach na ceardchumainn, na comhar-chumainn, an comhar creidmheasa, cumann na gceart, agus, ar leibhéal idirnáisiúnta, Amnesty Idirnáisiúnta, agus roinnt bheag eagras den mhianach céanna. Agus, tá súil agam, Cumann na Scríbhneoirí.

Is é an scríbhneoir aonair is minicí a thagann i dteagmháil go borb leis an mionlach neamhscrupallach úd atá beo beathaíoch i ngach tír, ar cuid de *la condition humaine* iad, a thugann faoi deara a gcrúba agus é ag troid ar son na fírinne, ar son fírinní bunúsacha an duine.

Scaití, ní mór dúinn troid a chur ar an traidisiún féin! Nach é an moladh is an chomhairle orainn ón óige a leithéid seo: 'Ná bíodh péist sa tsrón ná cloch sa mhuinchille: Roinn riú mar a roinntear reat.' Is duine é an scríbhneoir a chaitheas a bheith in aon chomhluadar leis an bpéist úd, agus cloch de shíor a bheith ina mhuincille. Sin, nó ní scríbhneoir de ghairm atá ann, é ina phuipéad ag dream an oilc, mar challaire na g*clichéanna.

Is dócha gurb í an chollaíocht is túisce a chuireas in iúl dúinn ár ndaonnacht, tar éis dúinn na riachtanais eile a chiúiniú, murab é an spioradáltacht é. Cheapfainn go mbeadh Carl Jung liom sa mhéid sin!

Anois beag, léas gearrscéal i bhfoirm dáin a bhréagnaigh Máirtín Ó Cadhain ina ionsaí ar an bhfilíocht (*Páipéir Bhána agus Páipéir Bhreaca*, 1969, *passim*). Pablo Neruda a scríobh an dán, é ag cur síos ar an gcéad uair a dhúisigh an chollaíocht ann, é fós ina pháiste nach mór, nuair a rinne beirt ghirseach óga cime de, gur bhaineadar a chuid éadaigh de, iad fiosrach faoi na difríochtaí, mar a déarfá! Féach:

Yo sentí que cambiaba	mhothaigh mise gur athraigh
algo	rud éigin
en mi sangre	i mo chuid fola
y que subía a mi boca,	agus gur éirigh go dtí mo bhéal,
a mis manos,	go dtí mo lámha,
una eléctrica	bláth éigin
flor	leictreach
la flor	an bláth
hambrienta	ocrach
y pura	agus fíor
del deseo.	an chíocrais.

(*Poemas de amor*; Barcelona, 1998: 'El sexo': 151-154)

Ar chúis éigin nach dtuigim go hiomlán go fóill, is í an chollaíocht, an *eros*, is mó a chuireann eagla ar an *societas* san oiread sin tíortha, eagla a chríochnaíonn i mbrúidiúlacht scaití in éadan na mban, mar a léiríonn an scéal ón Soiscéal faoin mbean a gabhadh in adhaltranas, scéal a mheabhraíonn dúinn an daonnacht a dhéanann cine dínn: 'An té atá gan locht, caitheadh sé an chéad chloch!'

Le linn m'óige, cuireadh ar bun in Éirinn comhcheilg in éadan na daonnachta, comhcheilg a rinne aon fhórsa amháin den Eaglais agus den tSaorstát, comhcheilg a chosc páirt a bheith ag an gcollaíocht i litríocht na hÉireann!

Ghoill sé sin go mór ar scríbhneoirí ionraice, daoine nár theastaigh uathu ach cur síos go macánta, go fírinneach, ar *la condition humaine*, cur síos go hiomlán, mar is dualgas don scríbhneoir. Ach an pictiúr a dhathaigh Eaglais is Stát díobh, nuair a choisceadar díol a gcuid saothar in Éirinn na 26 Chontae, gur diabhail as Ifreann a bhí iontu, iad ar a ndícheall le muintir ghlan na hÉireann a thruailliú.

Ar na 'diabhail' siúd bhí: Samuel Beckett, John Broderick, Lee Dunne, Benedict Kiely, Maurice Leitch, John McGahern, Brian Moore, Edna O'Brien, Kate O'Brien, Frank O'Connor, Seán Ó Faoláin, Liam Ó Flaithearta agus George Bernard Shaw. Sin iad na daoine atá ar liosta *Banned in Ireland, Censorship and the Irish Writer*, le Julia Carlson; Routledge, London, 1990 (curtha in eagar ar son Article 19).

Is é atá in Article 19 an t-ionad idirnáisiúnta atá ag déileáil leis an gcinsireacht ar fud an domhain is a chuireann feachtais ar bun ar son chearta an duine maidir le friotal a chur in iúl gan bhac, é a chraoladh is a fhoilsiú. Sa mbliain 1986 a cuireadh ar bun é agus ó Alt a 19 de chuid Fhorógra Chomhchoitianta faoi Chearta Daonna, 1948, a eascrann an teideal. Mar a mheabhraíonn Kevin Boyle dúinn i mbrollach an leabhair (*idem*), cé nach bhfuil aon údar Éireannach um chosc i láthair na huaire, tá innealra de chuid chinsireacht na litríochta fós ann. Níor cuireadh an dlí úd ar ceal! Agus cé go bhfuil cosúlacht ar chúrsaí go bhfuil scríbhneoirí na hÉireann slán faoina ceannas tá sí dian fós ar scríbhneoirí ó thíortha eile. Braithreachas atá sna scríbhneoirí ar fud na cruinne. Tá dualgas orainn an fód a sheasamh ar a son. Ar na húdair chlúiteacha a tháinig faoin scian tá Roland Barthes, Susan Sontag, Monique Wittig, Anais Nin, Georges Bataille, Jerzy Kosinski agus Angela Carter (*op. cit.*: 1).

Maidir leis an gcomhcheilg idir an Eaglais Chaitliceach Rómhánach agus an Saorstát, is cosúil gur sa mbliain 1927 a chuir an Eaglais tús léi nuair a d'eisigh Comhairle na nEaspag, Maigh Nuad, an méid seo a leanas:

> The evil one is ever setting his snares for unwary feet. At the moment, his traps for the innocent are chiefly the dance hall, the bad book, the indecent paper, the motion picture, the immodest fashion in female dress – all of which tend to destroy the virtuous characteristics of our race.
>
> Kieran Woodman, *Media Control in Ireland, 1923–83*, (Galway, 1985: 33, 34).

Race? Cén fáth nár leanadar ár dtraidisiún féin, mar 'muintir na hÉireann' (nó 'Irish people')? Nó 'pobal na hÉireann, má theastaigh uathu an séala Rómhánach a chur ar chúrsaí (.i. an Laidin, *populus*)? Ach go fírinneach sílim gurb é *race* an eochair, eochair na tuisceana, an mhínithe, na meabhrach, na hApairtéide, agus muid ag machnamh ar *fheall*súnacht na Cúistiúnachta, an Naitseachais, an Fhaisisteachais, córais nár aithnigh aontacht an chine dhaonna, tá, gur aon chine amháin atá ionainn, dubh, bán nó riabhach.

Sa mbliain 1922, d'éirigh le Mussolini ceannas a fháil ar an Iodáil. Sa mbliain 1929, rinne sé a shocrú leis an bPápa, agus bhunaigh sé Cathair an Phápa, nó an Vatacáin, stát neamhspleách. Ó Mhussolini, mar sin, fuair an Pápa a shaoirse pholaitiúil, agus a stát beag mar chruthú. Ar an dóigh sin, b'amhlaidh a tháinig a lán dínn faoi thionchar an Fhaisisteachais, mé féin san áireamh. Dáiríre, níor thángas slán ón ngalar intinne céanna go dtí go raibh roinnt seachtainí caite agam faoi Fhranco sa Spáinn, sa mbliain 1946.

Ní haon iontas é, dá bhrí sin, gur tháinig an oiread sin d'easpaig an domhain faoi thionchar an ghalair, go háirithe easpaig na hÉireann sa mbliain 1927, nuair a bhí cainteanna i dtreo na saoirse ar bun idir na Cairdinéil agus Mussolini.

Níor mhiste é a rá is a athrá go minic: Níl ionainn, muintir an domhain seo, ach aon chine amháin, a bhfuil an ghlóire agus an náire chéanna ag baint leis. Sin mar a chuireann an eolaíocht in iúl dúinn inniu. Agus sin mar a chuireann in iúl an dlí idirnáisiúnta, ar a bhfuil cearta an duine bunaithe. Ach, ar feadh i bhfad, bhíodh a mhalairt faiseanta, agus anseo in Éirinn is cuimhneach linn ciníochas na Normannach a cheadaigh do shagart Normannach, Éireannach a mharú agus an tAifreann a cheiliúradh ina dhiaidh sin, agus gan aon pheaca déanta!

Ar ndóigh, níor tháinig deireadh le ré an chiníochais in Éirinn go fóill. Faraor, is beo i gcónaí an traidisiún céanna in áiteanna i gCúige Uladh. Tá sé faiseanta a rá, fiú sa mbaile, gur cúrsaí reiligiúnda is cúis le marú na gCaitliceach, go háirithe i mí Iúil; ach insíonn na bratacha agus ciútraimintí eile an fhuatha scéal eile ar fad.

Ní hionann sin is a rá nach raibh lámh ag an gCríostaíocht oifigiúil i gcúrsaí, ní hamháin in Éirinn, ach i go leor áiteanna eile ar fud an domhain. Ar na hinstitiúidí is mó agus is cumhachtaí a bhrúigh an ciníochas chun tosaigh bhí an Chúistiúnacht, agus é bunaithe ar theoiricí a d'úsáid an Naitseachas sa gcéad seo, in éadan na nGiúdach agus *Untermenschen* (nó fo-aicmí) eile (*viz. La Inquisición española* le Cecil Roth, Oxford, 1937: Insíonn an mhoill leis an aistriúchán a scéala stairiúil féin!)

Caitliceach Rómhánach creidmheach atá ionam (ach peacach). Taitneamh ná taitneamh ní bhainim as an Eaglais a lochtú. Ach nuair a chuaigh sé chomh fada sin ar strae ó bhundogma na Críostaíochta, tá, an chomharsa a ghráú mar a ghránn muid muid féin, bhí dualgas orm an fhírinne a scríobh.

Dála an scéil, réabhlóid sa Spáinn sa mbliain 1820 a chuir deireadh leis an gCúistiúnacht sa tír sin. Is fíor, chomh deireanach sin!

Maidir le cúistiúnacht de chuid Adolf Hitler, níorbh iad na Giúdaigh amháin a d'fhulaing faoin gciníochas ach na Giofóga, na Slavaigh, agus na h*Untermenschen* eile, agus na mílte gasúr a raibh máchailí áirithe orthu. B'olc an iarmhairt dúinne é, mar an ginmhilleadh atá chomh forleathan ar fud an domhain lenár linn agus an fháilte atá ag méadú i gcónaí roimh an eotanáis, Dia linn.

Le filleadh ar ár gcúistiúnacht féin, cúistiúnacht na hintinne, níl áireamh againn – ní fhéadfaí é a dhéanamh – ar an dochar a rinne Eaglais agus Stát do reiligiún roinnt mhaith de na scríbhneoirí a tháinig salach orthu. Béarlóidí is mó a cháin cinsireacht ar an litríocht ach b'annamh a luaigh siad an damáiste a rinne an córas do litríocht na Gaeilge. Is dócha nár rith sé leo go raibh an scéal chomh dona agus a bhí.

Agus, go deimhin, bhí sé go dona. D'fhéadfadh scríbhneoirí an Bhéarla a gcuid earraí a dhíol thar lear agus, fiú, poiblíocht a bhleán ón gcinsireacht. Ar an nGúm, córas de chuid an Stáit, a bhí scríbhneoirí na Gaeilge ag brath chun go bhfoilseofaí a gcuid leabhar de ghnáth, go dtí gur bhunaigh Seán Ó hÉigeartaigh Sáirséal agus Dill, Tta.

Agus cad mar gheall ar aistriúchán ó Ghaeilge go Béarla? Bhí an tseanlitríocht slán, sa nGaeilge; ach bheadh na haistriúcháin i gcontúirt, mar a bhí leagan an Bhéarla de chuid *Cúirt an Mheadhon Oidhche,* sárshaothar Merriman, ar thug Frank O'Connor faoi. Agus coisceadh é, toisc é a bheith *in its general tendency obscene,* dar leis na cinsirí.

Foilsíodh leaganacha eile den dán i mBéarla, mar atá a leanas: Arland Ussher, i 1926; Earl of Longford, 1949; David Marcus, 1953; Patrick Power, 1973; agus Cosslett Ó Cuinn, 1973 (viz. *Cosslett Ó Cuinn* le Risteárd Ó Glaisne; Baile Átha Cliath, 1996: 273). Sa mbliain 1945 ba ea a cuireadh cosc ar an gceann a rinne Frank O'Connor. Ní feasach dom gur choisc cinsireacht na hÉireann ach an t-aon cheann amháin díobh siúd.

Mar chuid den Stát (Roinn Oideachais agus Eolaíochta, i
láthair na huaire), ní fhéadfadh An Gúm dul ar an seans: Inniu,
tá sé sin chomh fíor céanna is a bhí sna tríochaidí agus sna
daichidí. Ní deacair sin a thuiscint. Dá gcuirfí cosc ar shaothar a
d'fhoilsigh an Stát féin, chuirfeadh sin lón cogaidh go leor is go
fairsing ar fáil don bhfreasúra.

Ach caithfidh gur dúisíodh coimhlint nó dhó idir
scríbhneoirí agus muintir An Ghúim, cé go bhfuil sé deacair
teacht ar an bhfianaise. Uair, i dteach tábhairne i mBaile Átha
Cliath sna caogaidí, chualas cuid den scéal sin ó Mháirtín Ó
Cadhain. 'Síol do chlainne: B'shin iad na focla a bhí ag goilliúint
orthu,' ar seisean. 'Ní fhéadfaidís a leithéid a chló nó thiocfadh
an leabhar salach ar an gcinsireacht!'

Más buan mo chuimhne, leabhar gearrscéalta a bhí i gceist.

'Bean naofa a bhí i mo mháthair,' a deir Máirtín. 'Uaithi féin
ba thúisce a chualas na focla sin. Bean ab ea í nach ndéarfadh
éinní graosta riamh. Agus b'shin é an clamhsán. Dar leo siúd,
téarma graosta a bhí ann.'

Ar ndóigh, ar abairt amháin a chuireadar cosc sa mbliain 1941
ar *The Land of Spices* le Kate O'Brien (.i. 'she saw Etienne and her
father, in the embrace of love', lch. 175 de chuid an eagráin a
foilsíodh i Nua-Eabhrac; *viz. Banned in Ireland*, London, 1990: 11).

Is deacair intinn sin na cinsireachta a thuiscint faoi dheireadh
na nóchaidí. Ach fiú sa mbliain 1941 bhí *Foclóir Gaedhilge agus
Béarla* (Irish Texts Society) beo agus athchló air. Agus ar lch. a
1035, col. a dó, s.v. síol, síol-, tá a leithéid seo: '... gan síol fear 'san
áit, the place without male population;... seed, sperm, unborn.'
Cén fáth nár chuireadar cosc ar shaothar an Duinnínigh? Ach
loighic ná loighic ní raibh ag baint leis an gcinsireacht udaí!

Is fada na Gaeil ag labhairt is ag scríobh faoi Shíol Ádhaimh,
Síol Eoghain, Síol Uidhir, Síol Conaire agus Éarna, Síol Éibhir,
Síol Mogha Mic Míleadh, agus eile, agus gan tuairim dá laghad
acu gur i mbun graostachta a bhíodar. Ar ndóigh, tá míniú gan
náire ag *Ó Dónaill* ar na téarma úd (lch. 1098, col. a haon). Cead
againn inniu a bheith ag gáire faoin tseafóid sin uile, seafóid an

tSaorstáit agus seafóid na hEaglaise, ach ní haon ábhar grinn a bhí ann do na scríbhneoirí bochta abhus, go dtí roinnt bheag blianta ó shin. Agus tá an dlí beo fós, cé nach gcuirtear i bhfeidhm é, i measc go leor eile.

Sa scéal le Máirtín Ó Cadhain, 'Rath' (*An tSraith Dhá Tógáil*, Sáirséal agus Dill, BÁC, 1970: 48-64) tá 'Síol do chlainne' sa téacs. B'fhéidir gurb é seo a bhí i gceist ag Máirtín, is é ag labhairt liomsa, mar shampla d'aigne chúng An Ghúim lena linn. Mar is eol, ba é Sáirséal agus Dill a d'fhoilsigh an chuid ba mhó de shaothar Mháirtín. D'fhiafraíos de mhac Sheáin Uí Éigeartaigh, Cian, an raibh aon choimhlint ag an gcomhlacht riamh leis an gcinsireacht.

'Ní raibh, go bhfios dom,' ar seisean, 'le cinsireacht an Stáit, ar aon chaoi. Ach bhí cinsireacht eile ann. Muide a d'fhoilsigh *Maraíodh Seán Sabhat Aréir*, a scríobh Mainchín Seoighe. Thogh an Club Leabhar é, ach ar choinníoll go bhfágfaí amach cuid den ábhar. Mar thoradh air sin, d'fhoilsigh m'athair dhá eagrán, ceann amháin don ngnáthléitheoir, agus eagrán coillte don gClub, socrú nár thaitin leo siúd a bhí i gceannas ar an gClub!'

Agus tamall ina dhiaidh sin bhunaigh Sáirséal agus Dill a gClub Leabhar féin.

Críostóir Ó Floinn a scríobh an dán 'Maraíodh Seán Sabhat Aréir'. D'iarr agus fuair Mainchín cead an teideal agus an dán a úsáid dá leabhar. Agus ba é an dán faoi deara cinsireacht an Chlub Leabhar. I mbliana d'fhoilsigh an Mercier Press, Corcaigh, *Consplawkus* le Críostóir agus tá tuairisc sách iomlán aige air seo agus ar an gcinsireacht eile a rinneadh ar a shaothar i gcaitheamh na mblianta agus ar an íde mhíChríostaí a tugadh dó nuair nach ngéillfeadh sé don gcinsireacht chéanna. Agus in ainneoin na gcúrsaí sin d'éirigh le Críostóir agus lena chéile greim a choinneáil ar chreideamh a n-aithreacha.

Is mó sampla eile den gcinsireacht a d'fhéadfainn a lua ach nach é seo an áit chuí chuige. Agus ná déanaimis dearmad ar an gcinsireacht a cuireadh i bhfeidhm ar na meáin chumarsáide maidir le cúrsaí polaitíochta sna seachtóidí agus sna hochtóidí.

Agus má theastaíonn ó shiopadóir cinsireacht a dhéanamh ar leabhar ní gá dó ach gan an leabhar a chur ar díol!

Tig linn glacadh leis gur contúirtí i bhfad an chinsireacht neamhoifigiúil ná an ceann oifigiúil i gcás an té arbh í an Ghaeilge a rogha teanga scríbhneoireachta nó an duine sin a dteastaíonn uaidh an dá thrá a fhreastal.

Mar atá ag Críostóir Ó Floinn, teastaíonn uaim féin greim a choinneáil ar chreideamh ár n-aithreacha. Caitliceach Rómhánach atá ionam. *Credo*, cé gur minic a thitim. Ach sílim go dtuigim céard é is scríbhneoireacht chruthaíoch ionraic ann, agus nach féidir a leithéid a bheith mímhorálta.

Ach go dtí na seascaidí, ar a laghad, bhí cuid mhaith daoine a bhí i gceannas orainne dall ar bhun agus barr na moráltachta. Bhí cúrsaí chomh dona sin nár fhéadas féin teacht ar leabhar faoi mhoráltacht sa bpósadh, nuair a theastaigh uaim an rud ceart a dhéanamh, agus an rud mícheart a sheachaint.

Sna daichidí a phós mé. Mhol sagart leabhar dom, a dhéanfadh soiléir dom na cúrsaí sin, leabhar leis an *imprimatur* agus leis an *nihil obstat*. Ach bhí an leabhar céanna faoi chosc ag an Stát, ar chomhairle na hEaglaise in Éirinn, gan dabht!

D'fhág an chinsireacht a chló orainn uilig. Ar éigean a bheifí ag súil lena mhalairt agus muid bodhartha faoi chaint, síorchaint, ar aon aithne amháin, an séú ceann. Agus, mar a deir cara, Andy McGovern (*They laughed at this man's funeral*; Dublin, 1998), bhíodh peaca ag baint le gach rud, nach mór, sa cheantar úd, idir do choim agus do thóin.

'Peaca a bhíodh i mbroim a ligean' le linn a óige i gCo. Liatroma, a deir Andy, bail ó Dhia air; agus mórán mar a chéile a bhíodh cúrsaí i Ráth Maonais, Baile Átha Cliath, le mo linn féin. Is fíor go ndúirt Miss Horan, a mbíodh cónaí uirthi in uimhir a 13, Cearnóg Bhelgrave, Ráth Maonais, agus mise i gceist: 'That boy will be hanged!' A bhuí le Dia, tá deireadh leis an bpionós céanna.

Ceart go leor, tá an-scéal ann faoi *miss* eile, puisbhean shaonta, a shocraigh go ndéanfaí lampa a cheangal leis an teach lasmuigh, in aice an dorais mhóir, nuair a tháinig an leictreachas chugainn am éigin sna tríochaidí, is a chuir bolgán dearg isteach ann, is a d'fhág ann lasta ar feadh na hoíche.

Ar dtús, shíl gach éinne go raibh an solas dearg an-ghalánta ar fad, go dtí go bhfuair Miss Evans cuairteoir fir a scanraigh í nuair a d'iarr sé i nglóir gharbh: 'Where are the women?'

Minic go leor a shíleas go mb'fhéidir go bhféadfaí a leithéid d'eachtra a chur isteach i scéal éigin a mbeadh blas na haimsire sin ag baint leis ach fad is a bhí Miss Evans beo d'fhan gobóg i mo bhéal. Agus maidir le cúrsaí atá ag éirí róchoitianta ar na saolta seo – cailín an-óg ag iompar clainne – níor chualas scéal ar bith den chineál sin faoin gCearnóg, ná faoi Castlewood Avenue, ná faoi na *tennis hops* a thaithigh muid, ná an focal *fuck* féin ('foic' na Gaeilge) go dtí saol an tsaighdiúra, nuair a d'fhoghlaim muid gach dá raibh le foghlaim, agus beagáinín thairis, seans.

Ach in ainneoin sin uilig, tar éis dom ceithre bliana a chaitheamh san Arm, abhus, agus bliain a chaitheamh sa Spáinn, ní raibh caidreamh collaí agam le bean go dtí oíche mo phósta. Ón méid a chualas ó mo chomhaimsirigh, ní raibh mise i m'eisceacht sa gcaoi sin, ach oiread. Is cosúil go raibh a leithéid d'iompar coitianta go maith sna tríochaidí agus sna daichidí. Ach ní hionann sin is a rá nár rinneamar cúirtéireacht, nó *courtin'*, mar a thugamar air, nuair a bhí an deis ar fáil. Minic go leor, chuamar beagán thar fóir léi, ach, ag an nóiméad deiridh, ar chúis éigin, stop muid. Nó stop mise, ar aon chaoi.

Scríobhas gearrscéal uair faoi eachtra a tharla dom féin agus do mo dhearthair, Caoimhín, agus muid ar saoire in éindí le mo mháthair, agus beirt eile den chlann, bliain tar éis bhás m'athar, sna Clocha Liath, Cill Mhantáin. Sna luathdhéaga a bhíos-sa. Sa tigh a raibh muid ar lóistín bhí beirt chailín de mhuintir an tí, an duine ba shine díobh mórán ar chomhaois liomsa, agus an ceann eile san aois chéanna mórán is a bhí Caoimhín.

D'éirigh muid mór leo agus minic go leor chuaigh muid amach ar siúlóid le chéile. Lá, luaigh an ceann ba shine faiche an ghailf, mar áit a bhí deas, ciúin, aoibhinn. Céard faoi dhul ann agus *spin the bottle* a imirt? 'Céard é is *spin the bottle* ann?' arsa mise, mar go fírinneach níor airigh mé faoina leithéid riamh roimhe sin.

Agus an ceathrar dínn ar an mbealach go dtí faiche an ghaill chuir an bheirt díobh ar an eolas muid. Ba léir go raibh an rud i bplean acu agus 'chuile shórt leagtha amach do bheirt pháiste agus do bheirt a bhí ar an gcéad chéim de dhréimire na déagóireachta. Cluiche simplí go maith: Faightear buidéal agus cuirtear é ina luí, sa chaoi gur féidir é a chasadh. Nuair a stopann an buidéal is dual don scrogall a bheith ag gobadh amach, mar a bheadh méar, i dtreo duine éigin; agus ní mór don té sin póg a thabhairt don té a chasann an buidéal agus ansin téann an té sin i bhfeighil an bhuidéil, agus ar aghaidh leo ar an dóigh sin. D'eile, ach leithscéal don phógadh! Agus, mar a mheabhraigh Ovid dúinn (*Ars Amatoria*, más buan mo chuimhne), níl sa bpóigín ach eochair na pise.

Ar ndóigh, an samhradh sin, ní raibh mise ach ag tosú leis an Laidin; go dtí críoch an chúrsa ní raibh an saothar sin de chuid Ovid, más fíor, ar a raibh le léamh againn.

Is dócha go raibh cailíní á bpógadh againne roimhe sin, mar dhiabhlaíocht, nó fiú ag cóisir, ó am go chéile, ach ba shin an uair, an chéad uair, go bhfios dom, go rabhas lasta, go raibh mo bhod chomh teann le cloch, agus fonn uafásach orm. Ach ba shin an méid. Ní dhearnamar dada ach póga a mhalartú agus, gan amhras, frídíní.

Ar fhilleadh dúinn ar theach an lóistín bhí m'aghaidh chomh te, chomh lasta sin go rabhas cinnte de go mbeadh sí ag sceitheadh orm. Rinne mé leithscéal éigin leis an triúr eile, agus d'imigh liom i dtreo na farraige, síos go dtí na carraigeacha, áit a raibh locháin ar fáil dom gan stró, chun an tine a mhúchadh. D'fhanas ansin go dtí gur shíleas go mbeinnse slán ó shúile an údaráis, agus ansin isteach sa tigh liom ar nós cuma liom.

Céard é a bhí á dhéanamh agam, anois beag? Mo Mhaim ag fiafraí díom, iad uilig ina suí ag an mbord don dinnéar, ag fanacht orm.

'Is amhlaidh a chuireann an fharraige faoi dhraíocht mé,' arsa mise. 'Bhí rian de dhán i mo chloigeann…'

Rinne na cailíní gáire beag ciúin príobháideach dóibh féin agus thosaíomar uilig ag ithe.

Blianta fada ina dhiaidh sin, agus mo dhóthain Gaeilge agam, dar liom, chun an scéal a insint, thugas faoi, mé ag cloí go daingean leis na fíricí, leis an bhfírinne, sa gcaoi go bhféadfainn a rá nach raibh sa scéal ach an fhírinne ghlan. Chuaigh an scéal faoi bhráid léirmheastóirí de chuid an Oireachtais. Duais níor bhuaigh sé.

Mhínigh an léirmheastóir cúrsaí i scríbhinn. B'amhlaidh a bhí teipthe ar mo mhisneach agus an scéal á chur le chéile agam. Céard eile a tharlódh ina leithéid de chás ach … cluiche na seirce! Ach ní raibh sé de mhisneach agam, dar leis an léirmheastóir udaí, an fhírinne a leanúint go deireadh! Níor éirigh leis an scéal mar ghearrscéal ar an gcúis sin uilig, dar leis.

Minic ina dhiaidh sin mhol daoine dom mo chuid scéalta a láimhseáil ar an dóigh chéanna is a mhol an léirmheastóir sin, tá, *spicing-up*, a dhéanamh nó, más maith leat, an scéal a chur as a riocht nádúrtha le taitneamh ar leith a thabhairt don léitheoir, blas na collaíochta, d'eile.

Nuair a thosaíos ag scríobh scéalta bhíos i gcruachás, maidir leis an gcollaíocht: Cé mhéid di ar chóir dom a chur isteach i scéal, agus fanacht dílis don litríocht ag an am céanna!

Ach, go fírinne, bhí níos mó ná litríocht i gceist, dar liom: D'eile ach coinsias, coinsias Caitliceach Rómhánach, agus é fós faoi dhrogall na tógála a fuaireas, sa mbaile agus ar scoil, cuid den eiriceacht sin a tháinig chugainn ón bhFrainc, más fíor, am éigin sa 19ú haois. Francach eile a sheol ar an mbealach ceart mé, mar Teilhard de Chardin. Cé acu leabhar leis? An ceann faoi eitic, seans.

Agus seo a leanas, mar sin, an teist, nó an riail a leanaim: Tá tú slán, mar Chaitliceach, mar Chríostaí, mar scríbhneoir, fad a chloíonn tú leis an bhfírinne. Tig leat cur síos ar gach a dhéanann an duine, leis féin, air féin, ar dhaoine eile, cuma chomh huafásach is a bheas an trácht, an cur síos, cuma chomh téisiúil, chomh collaíoch, is a bheas an scríbhneoireacht, ach cloí leis an bhfírinne. Ní fhéadfadh aon pheaca a bheith sa bhfírinne. Sa mbréag, agus sa mbréag amháin, atá an peaca, mar atá an fhírinne a chur as a riocht.

Go bunúsach, réitigh sin mo choinsias, mar Chríostaí, mar dhuine daonna, abraimis, mar dhuine spioradálta, ach, freisin, mar litreoir. Ach tagann mianta eile isteach chugam is mé ag scríobh, *le bon goût*, ceann amháin díobh. Rinne mé cúrsa ealaíne agus mé fós óg, mé i mo shaighdiúir, cúrsa oíche, i gColáiste Náisiúnta na hEalaíne, faoi Sheán Céitinn, RHA, agus Maurice Mac Gonigal RHA. An tráth sin, b'amhlaidh a bhíos idir dhá chomhairle, idir dhá léann: An mbeinnse i m'ealaíontóir nó i mo scríbhneoir?

Comhréiteach, an freagra. Más mó de scríbhneoir ná de phéintéir mé, dar leat, dar leo, tá míthuiscint i gceist, nó cabhraíonn an ealaín liom le dath a roghnú, leis an bpeirspictíocht a mhothú, agus, go háirithe, le teacht go grinn ar an struchtúr. Thairis sin, is breá liom go minic sceitseáil a dhéanamh go rúnda, i gcaifé, abair, agus na cliantaí mar ábhar agam. Ní mór dom an obair a chur i gcrích go han-tapaidh, ar ndóigh, nó tabharfaidh siad faoi deara cé an obair atá ar siúl agam, mé ag magadh le peann faoina n-aghaidheanna, go háirithe faoi shrón, faoi smig, faoi shúile, faoi stíl ghruaige. Agus ansin … ach níor rugadar fós orm!

Ach le filleadh nóiméad ar pholasaí Eaglaise is Stáit i leith na litríochta, a ba chúis le gearrscéal liomsa do Raidió Éireann a bheith diúltaithe ag Francis McManus sna daichidí, cén fáth go raibh an polasaí sin chomh cúng céanna? Ag cíoradh litríocht na Gaeilge ón gcianaimsir, is léir nach féidir teacht ar shamplaí den gcúngacht úd. Smaointí collaíochta a bheith sa ngearrscéal ba chúis leis an diúltú sin a fuaireas ó Raidió Éireann, smaointí nach féidir a lochtú ar bhonn na pornagrafaíochta de, smaointí a bhíos ag teacht isteach sa gceann go nádúrtha ag formhór na ndaoine óga, idir fhir is mhná, ó am go céile, is dóigh liom. Agus na cuairteoirí chugainn ón Mór-Roinn, is iad ag cur síos ar a bhfaca siad abhus san 18ú haois, níl aon tagairt acu de chúngaigeantas, ach an oiread, chomh fada le m'eolas.

De réir an mhínithe a chualas féin, *Jansenism* (Iansineachas) ba chúis leis an truailliú (.i. tuairimí de chuid Cornelius Jansenius Yprensis, nó Cornelis Jansen, Easpag Ypres, a rugadh sa mbliain 1585 is a d'éag sa mbliain 1638). Ar na Péindlíthe a chuirtear an milleán, nó ní fhéadfaí cliarscoil Chaitliceach Rómhánach a riaradh in Éirinn fad is a bhíodar sin i bhfeidhm, agus b'éigean don gCliarlathas brath ar an Mór-Roinn, *inter alia* ar an mBeilg, ar an bhFrainc agus ar an Spáinn go háirithe, le hoiliúint a chur ar fáil do na mic léinn Éireannacha a d'fhillfeadh ar ball ar a dtír dhúchais, iad ina sagairt.

Ar an *Catholic Encyclopedia* (New York, 1910, iml. VIII: 285–293) atáim ag brath le heolas a fháil faoi theagasc Jansen. Lá Lúnasa, 1641, a cháin an Oficina Santa a theoiricí seisean, den chéad uair. An bhliain dár gcionn, sa mBulla, *In eminenti*, dhamnaigh an Pápa Urbanus VIII arís iad. Dar leis an *Encyclopedia* luaite agam cheana (lch. 287, col. ii), '… France became the chief centre of the agitation…'

Ericeacht a bhí sa teasgasc úd, dar leis an mBulla, *Cum occasione*, Bealtaine 31, 1653!

Ach céard é a bhí ann, mar Iansineachas? *Principles of an exaggerated moral and disciplinary rigorism* (*idem*: 287); agus, faoi thús an 18ú haois, '… the levelling, innovating and arid spirit of Calvinism. These are the *fins Jansénistes…*' (*idem*; 291).

Agus maidir le *rigorism* (righneas, déine): 'Strictness of principles and conduct; austerity of life; severity, insistence on great precision of chastity and style' (*Wyld*, London, 1961); 'severest and strictest interpretation' (*OED*, s.v. 'rigorist').

Eiriceacht! Bhíomar ar strae, faoi eiriceacht, agus i ngan fhios don Róimh, más fíor!

Ní raibh mórán eolais agamsa faoi M. Jansen agus a theoiricí agus mé ag déanamh staidéir ar an ealaín sna daichidí, ach go deimhin shíleas gur geall le diamhasla an nós a bhí ag Forchaitlicigh áirithe faoin am sin dealbha a chlúdach agus iad i gcosúlacht mná nó fir nocht. B'amhlaidh a chabhraigh an ealaín liom le greim a choinneáil ar reiligiún mo mhuintire agus bealach mo chuid scríbhneoireachta a dhéanamh amach trí cheo na hEaglaise in Éirinn.

Tá luaite agam anois beag an dúil atá agam i scigphictiúirí a tharraingt faoi choim i gcaifé nó i dteach tábhairne: A laghad líníochta agus is fearr an iarracht, dar liom. Spáralacht, a dhuine! Sampla maith den stíl atá i gceist agam, tá sí le feiceáil i saothar Dholl (.i. Flann Ó Riain), mar atá coitianta i gcló ag *Lá* ón tús.

Mise i m'*impressionniste*, más ea? B'fhéidir é. Ach is spéis liom i gcónaí speictream iomlán na healaíne. Is dócha, freisin, go bhfuilim faoi thionchar an impriseanachais, a bheag nó a mhór, agus gearrscéalta dá scríobh agam.

Tabharfaidh an léitheoir faoi deara gur faoi mhná atá cuid mhaith díobh: Cén fáth sin? Toisc gur nós le mná labhairt liom faoina leithéidí. Feictear dom gur caidriúlaí an bhean, agus go mór, ná an fear. Go deimhin, is mó mé ar mo shuaimhneas le mná ná leis na fir, agus is iomaí rud a d'fhoghlaim mé uathu, go háirithe imfhios. Minic a chualas fir ag magadh faoin mbua céanna. Dar leo siúd, ní raibh i gcaint faoi imfhios na mban ach seafóid! Ach, ar an taobh eile den scéal, ní mór dom a admháil gur beag den imfhios atá agam féin fós, ach amháin agus mé i mbun scéil, nó ealaíne eile.

Formhór na scéalta atá sa leabhar seo, táid bunaithe ar fhíric éigin, ar rud a tharla, ar eachtra a chualas ó chara, is mé ag iarraidh cloí leis an bhfírinne. Ach tá ceann amháin díobh nach raibh ann ach samhlaíocht ghlan, mar atá 'Caidreamh', a d'fhoilsigh *Comhar*, Mí na Bealtaine, 1977.

Ach ag an naoú siompóisiam idirnáisiúnta de chuid Chomhaontas Idirnáisiúnta de Chumainn ALS/MND, Samhain 16-18, 1988, i München na Gearmáine, cuireadh in iúl go raibh córas mórán ar an dóigh atá samhlaithe agam i mo ghearrscéal in úsáid anois, é ar bhonn trialach: 'A Thought Translation Device (TTD) for brain-computer communication … Three patients diagnosed with amyotrophic lateral sclerosis (ALS) were trained for several months….' Mar sin atá tús an ráitis a eisíodh i München.

Mí an Mheithimh, 1999, bhí cur síos eile againn faoin gcóras céanna, é i gcló ag *The Irish Times*. Ag an am bhí mé ag machnamh faoin gcineál réamhrá a scríobhfainn don leabhar seo. Níl de mhíniú agamsa ar an gcomhtharlú ach gur imfhios, nó, mar a déarfadh an ceann eile, seans, ionspioráid de chuid an Spioraid Naoimh, a ba chúis le mo scéal.

Níor bhain gearrscéal ar bith de mo chuidse aon duais riamh. Ach d'éirigh go han-mhaith sa Spáinn le ceann de na scéalta a d'aistrigh mé, mar atá 'Angor pectoris', cé nach raibh a fhios sin agam go dtí i bhfad i ndiaidh an aistriúcháin. Ba é an t-údar, Julia Ibarra, a chuir ar an eolas mé nuair a d'iarras cead uaithi m'aistriúchán a fhoilsiú. In Instituto Cervantes, Baile Átha Cliath, sa leabharlann, a chéadthángas ar an scéal. Molaim do mo chomhscríbhneoirí braon nó dhó a ól as tobar na Spáinnise agus b'fhéidir le Dia go n-éireodh leis an dá scéal ón Spáinn iad a mhealladh chuige. Táim fíor-bhuíoch de mo bhean, María de la Piedad Lucila, as an gcabhair a thug sí dom agus mé i bponc ó am go chéile sa tobar úd.

Is iad na hirisí Gaeilge – *An tUltach, Comhar* agus *Feasta* – a chéadfhoilsigh mo scéalta féin; agus ba é *Raidió na Gaeltachta* a chraol an chéad leagan de 'Lámha a ba chúis le mo thinneas': Mo bhuíoch ó chroí do na heagarthóirí. Táim buíoch de Stiofán B. Ó hAnnracháin as an gcúram a thug sé don leabhar seo agus as a fhoighne a dhein sé liom. Mo bhuíochas arís eile do Eithne Frost, as na profaí a léamh, agus as a sáreolas ar ghramadach na teanga agus mise ar meisce ar fhocla agus ar fhriotal. Arís eile, freisin, táim buíoch de mo mhac, Oisín, as an dearadh; agus, ar ndóigh, de na clódóirí, iad ag síorcheartú na bprofaí 'péinteáilte'. Ní bheadh mo mhíle buíochas curtha i gcrích i gceart gan Don Ignacio agus Señorita Ana a lua, agus an córas a n-oibríonn siad dó, mar Instituto Cervantes. ¡*Muchas gracias, amigos!*

Agus, ar ndóigh, tú fhéin, a léitheoir: Buíoch díotsa atáim, chomh maith, as an leabhar a cheannach, agus cúpla punt a chur isteach i mo phóca. B'fhéidir le Dia go gcloisfinn macalla éigin uait, bail ó Dhia ort, am éigin, agus tuairim, seans, faoi mo scéalta.

Galar na bhfocal

Agus é ar a bhealach isteach i gclós na scoile, lena mhac a thabhairt abhaile, bhreathnaigh Conán ar a uaireadóir: Bheadh sé in am! Cinnte! Nó, ar a laghad ar bith, ar éigean a bheadh sé ródhéanach don gcruinniú úd ag a ceathair. Ar fheiceáil a athar dó, rith an gasúr amach chuige.

'Tá an tArd-Mháistir ag iarraidh labhairt leat. Ní bheadh sé ach nóiméad, a dúirt sé liom.'

'A Chillian, cén rud uafásach atá déanta agat, an babhta seo?'

'Tada. Dada. Faic!'

'Eascainí, ab ea?'

'Dáiríre!'

'Dáiríre?'

É ar tí doras an Ard-Mháistir a oscailt cé a shiúil amach ach Bean Uí Rinneagáin agus a mac óg in éindí.'

'Dia dhuit, a Chonáin.'

'Bail ó Dhia oraibh. Bhfuil sé leis féin?'

'Tá, mais. Slán go fóillín.'

Isteach leis.

'Tú féin atá ann. Ní bhead ach nóiméad.'

'Cuma, dáiríre. Dúirt Cillian …'

'Rud beag, a Chonáin. Farainn inniu a bhí na dochtúirí. Tá's agat, uair sa mbliain. Sláinte na ndaltaí. B'shin an méid.'

'Tuigim. Ach …?'

'Teastaíonn uathu go ndéana tú féin agus do chéile, agus Cillian, ar ndóigh, freastal ar an gclinic úd. Seo …'

Bileog ina láimh aige.

'Tá an t-eolas uilig sa mbileog seo. Glaoigh orthu le coinne a shocrú.'

'Ach cén fáth, in ainm Dé?'

'Tada, cheapfainnse. Ach, dar leo siúd, tá Cillian róthrodach. Ach tá's agat an dream sin, a Chonáin. Síceolaíocht. Freud. Ach níl a dhath mícheart lena shláinte, a Chonáin. Ar na leaids is fearr a láimhsheáil camán sa scoil seo atá ann, ar mh'anam. Ceart go leor. Sin an méid. Ná bí buartha. Caithfidh an dream sin rud éicínt a dhéanamh lena gcuid jabannaí a choinneáil, nach bhfuil fhios agat? Slán, mar sin.'

'Slán agat, a Shéamais.

Istigh le chéile sa gcarr, agus an t-inneall á dhúiseacht aige, bhreathnaigh Conán ar a mhac.

Trodach? Cén chaoi trodach? Ró-throdach?

'An dream sin a thug cuairt ar an scoil inniu, a Chillian: Céard é a bhí uathu?'

'Dochtúirí. Iad ag cur ceisteanna orainn is ag scríobh nótaí.'

Dhúisigh Conán an raidió. 'A Chúnla 'croí, ná teara níos gaire dom'. Mhúch sé an raidió. Amach ar an mbóthar leo.

'Cé na ceisteanna?'

'Faoin scoil. Faoin teaghlach. Faoi na cairde. Faoin gcaitheamh aimsire.'

'Faoin teaghlach?'

'Cé mhéid dínn? Céard é a dhéanann m'athair? An réitíonn muid leis?'

'Tráth na gceist, mar sin. Ar bhuaigh tú, meas tú?'

'Deamhan fhios agam. Shíl mé go rabhadar an-aisteach.'

'Fiosrach?'

'Ró-fhiosrach. Meas tú an cigirí a bhí iontu?

'Ar bhealach. Ar aon chaoi, caithfidh mise is tusa is do mháthair cuairt a thabhairt orthu agus a thuilleadh ceisteanna a fhreagairt, is dócha. Fan go gcloise do mháthair!'

Trodach? Ach nach mbíonn gach gasúr san aois sin trodach, a bheag nó a mhór? Sin, nó is piteog é, a ligeann do gach éinne satailt air. Siúráilte. Nó tinn. Lag. Ach, moladh go deo le Dia, tá Cillian beo bíogach agus láidir i gcónaí. Folláin. Cinnte, troideann sé leis na gasúir eile sa gceantar mar a throideann siadsan leis. Seasann sé an fód. Cén dochar sin?

Praiticiúil mar i gcónaí a bhí an mháthair.

'Caithfidh muid bualadh leo, ar aon nós.'

'Meas tú?'

'Nach bhfuil an dlí i gceist?'

'Níl fhios agam. Nach iad na tuistí …'

'Ach cén dochar? Foghlaimeoidh muid rud éigin. Agus, cá bhfios?'

'Cá bhfios?'

'Freagra na ceiste. Céard é a cheapann siad go baileach atá bunoscionn le Cillian. Ar eagla na heagla …'

'Ceart go leor. Ar eagla na heagla, mar a deir tú féin.'

Dochtúir ag labhairt le Cillian. Dochtúir eile ag plé lena mháthair. Agus Conán, faoi chúram dhochtúir mná a bhí seisean. Bean óg chainteach dháimhiúil.

'Mór an náire fanacht sa seomra seo, a dhuine uasail, agus an aimsir chomh hálainn is atá!'

'Tá, go deimhin.'

'Amach linn sa ngairdín, mar sin, a Mhic Uí Choileáin.'

Amach sa ngairdín leo: Bláthanna ar gach taobh, torthaí ag fás ar na crainnte: Úlla, péirí, silíní. Cumhra Lúnasa san aer.

'Conán is ainm duit, nach é? An cuma leat má bhainim feidhm as an ainm dílis? Mise Órla. Órla Ní Mhainnín.'

'Ceart go leor, a Órla.'

Chraith sé lámh léi.

'Conán … Ní Conán Maol thú, cibé ar bith, bail ó Dhia ort, nó tá cúl breá gruaige ort.'

''Maith agat.'

'Ar chuma leat labhairt beagán fút féin … do shlí bheatha …

an caidreamh idir tú féin agus do mhac … d'athair is do mháthair … cúrsaí ar an dóigh sin. An dtuigeann tú? Cúlra atá uaim. An stáitse a chóiriú, mar a déarfása, b'fhéidir?'

Cén chaoi a raibh fhios aici gur spéis liom an amharclann? A cuid taighde déanta aici, mhais! Agus mise a bheith béalscaoilte beagán, cén dochar? Deamhan rún atá ag baint lem shaol, go nuige seo. Agus nach bhfuil an bhean óg seo chomh cairdiúil sin, cén fáth nach ndéanfainnse a cuid oibre sise níos éasca di ach banc eolais a sholáthar?

'Cén chaoi ar réitigh tú led athair féin? An ag coimhlint leis a bhíodh tú? An mbíodh sé éagórach, dar leat?'

'Ní raibh riamh, an fear bocht. Ciúin cineálta liom a bhí sé i gcónaí. Minic muid ag siúl amach le chéile, siúlóidí fada, cois abhann, sna páirceanna, thar na sléibhte … An-dúil aige sa ndúlra, cosúil liom féin.'

'Níor throid tú leis, uair ar bith?'

'Níl aon chuimhne agam gur throid.'

'Bhfuil sé beo i gcónaí?'

'Nuair a bhíos an-óg a d'éag sé, san aois chéanna, mórán, is atá Cillian anois. Deich mbliana d'aois a bhíos. B'shin an méid. Shíleas an lá sin go raibh deireadh le mo dhomhan. Briste a bhíos, dáiríre, amach is amach.'

'Agus níor throid tú riamh leis? Ní bhíodh tú ag rith chuig do mháthair le héalú uaidh … óna chuid feirge?'

'Tá cuimhne agam a théann siar go dtí an tréimhse úd nuair nár fhéadas mé féin a ghléasadh agus olc orm faoi. Ach ní ina éadan a bhíos. Bhíomar beirt, mise agus m'athair, an-mhór i gcónaí.'

Céard é atá uaithi? Go gcumfainn scéalta? Go ligfinn orm …?

'Ceart go leor, mar sin … má táir chomh cinnte dearfa faoi chúrsaí. Ach, de ghnáth, is dual don mac a bheith ag coimhlint lena athair. Cuid den saol é sin. B'fhéidir go dtiocfadh a leithéid dá mairfeadh t'athair dhá bhliain nó eile, cá bhfios? Ar ndóigh, is dual don mac a bheith níos dlúithe lena mháthair ná lena athair. An dtuigeann tú?'

Na súile móra ramhra, iad mar a bheadh tóirshoilsí, ag díriú isteach san anam féin, anois.

'Tuigim. Is dócha go bhfuil an ceart agat.'

'Agus cén ghairm a bhí ag t'athair?'

'Saighdiúir. Sáirsint san arm.'

'Fear trodach, mar sin! Nach shin í an oiliúint a fhághann siad?'

'B'fhéidir go raibh, agus é ar chearnóg na beairice. Ach ciúin a bhíodh sé sa mbaile, de réir mo chuimhne. An-chiúin. Bhíodh trua agam dó.'

'Cén fáth sin? Trua?'

'Bhíodh mo mháthair an-ghéar leis. Ró-ghéar, dar liomsa.'

'Do mháthair, mar sin, a bhíodh trodach, ab ea?'

'Bhíodh, scaití.'

'Agus ar throidis mórán led mháthair?'

'Sheas mé an fód. Ach b'éigean dúinn uilig a dhéanamh de réir a tola. Mhealladh seisean muid. Thiomáinfeadh sise muid. Ba shin an difríocht.'

'Caithfidh duine éigin greim a choinneáil ar chúrsaí, is dócha.'

'Ceart.'

'Agus do mhac sin, Cillian: An mbíonn tusa ag troid leisean? Géar go maith leis?'

'Troid? Ní troid a thabharfainn air. Ní mór dom é a cheartú ó am go chéile, cinnte. Ní mór dá mháthair é a cheartú. Nach mar sin a fhásann muid uilig?'

'Tá ceartú agus ceartú ann, ar ndóigh. Ach an gceapann tusa go bhfuil seisean trodach? Ró-throdach? É ag lorg troda? É ag éalú uait, amantaí, go dtí an mháthair? Rud a chuireann olc ortsa, gan amhras?'

'Ní dóigh liom é …'

'An gceapann tú, b'fhéidir, gur dual dó a bheith ag troid chun a phearsantacht féin a chur in iúl? Ar eagla go mothódh sé go raibh a phearsantacht féin i mbaol a múchta … sa mbaile … ar scoil? An iomarca brú air? Sibh ag súil leis an iomarca uaidh? Gabh mo leithscéal, ach ní mór dom na ceisteanna seo a chur nó ar uairibh osclaíonn siad doras éigin sa gcuimhne atá dúnta!'

'Tuigim. Tuigim sin. Cosúil le athair faoistine atáir, bail ó Dhia ort! Ach, go fírinneach, níor thugas a leithéid faoi ndeara. Is rí-chuma leis a chuid tuairimí a nochtadh agus, ar ndóigh, ó am go chéile dúisíonn siad sin argóintí. Táim ag ceapadh go ndeireann sé rudaí áirithe le geit a bhaint asainn, nó chun magadh a dhéanamh. Tá an-tuiscint aige don ngreann.'

'Ach an bhfuilir cinnte de nach ndeireann sé rudaí áirithe chun nach mbeadh sibhse — tú féin agus do chéile — i bhfeirg leis? Sin, nó go ndeireann sé an rud atá uaibhse, dar leis?'

'Ó am go chéile, is dócha go bhféadfadh a leithéid a bheith i gceist. Ach magadh fúinn is mó a bíonns ar siúl aige, faoi na seandaoine, mar a deir sé féin.'

'A bhealach féin len é féin a chosaint, meas tú?'

'Ar éigean é. Níor shíl mé riamh go raibh scáth air maidir lena thuairimí a nochtadh. Ach caithfear a chaitheamh sa mheá gur annamh a fheicim é i rith an lae ach amháin faoi dheireadh na seachtaine, nuair a théann muid amach thar na sléibhte ach an aimsir a bheith oiriúnach.'

Nach ise a dhéanfadh Cúistiúnaí Mór den scoth!

'Ceapann tusa, mar sin, nach bhfuil aon fhadhb i gceist?'

'Fíor duit. Ach b'fhéidir go mbeadh scéal éigin eile ag a mháthair.'

'B'fhéidir é.'

Cén fáth go mbeadh bean óg álainn ag plé lena leithéidí? Ar éigean a bheadh deich mbliana fichead sáraithe aici! An amhlaidh atá sí pósta? Ach níl an fáinne ar a méar. Fear óg aici? Siúráilte. Nó, mura bhfuil, cén fáth? Tóinín dea-chumtha aici. Ach, a dhiabhail, cén fáth gur ar an téad seo atáim?

'Scríbhneoir atá ionat, a Chonáin?'

'*Inter alia*, mar a déarfá, seans! Iriseoir, de ghairm. Fo-eagarthóir. Sin iad m'fhataí, mar a dúirt an ceann eile. Sin a chothaíonn muid. Ach is breá liom aistí a scríobh, is gearrscéalta, agus dánta, ...'

'An scéal caillte i bhforaois na bhfocal!'

'Léis mo léirmheas, mar sin?'

'Léas. Más mar sin a bhí an dráma, is cosúil gur agatsa an ceart. Ach, id chás féin, cén fáth go gcuirfeá do shaol amú ort féin, ar an mbealach sin, leis an bhfantaisíocht?'

'Ar éigean atá fantaisíocht ag baint leis an bhfo-eagarthóireacht. Corruair, seans, leis an gceannlíne. Ach, faraor, de ghnáth, níl iontu siúd ach clichéanna tuirsiúla.'

'Ach an chuid eile — aistí, dánta, gearrscéalta, úrscéalta, drámaí?'

'Tá draíocht ag baint le focla, go díreach mar atá le nótaíocht cheoil.'

'Ach nach í an chumarsáid bun agus barr na beatha? Agus níl sna focla go bunúsach ach cumarsáid. Teachtaireacht. Ordú. Ceisteanna agus, uaireanta, freagraí.'

'Tá cumarsáid ann, cinnte. Ach tig linn an chumarsáid a mhaisiú ach focla áirithe, iad daite don ócáid, a roghnú. Focla úra. Abairtí nua, le taitneamh a thabhairt. Téarmaí a dhúiseodh gáire, machnamh, deora, muid ag éalú ó na clichéanna, na focla sainchaite a mhúchann smaointeoireacht, mar a dhéanann béarlagair na státseirbhíse.'

'Teilgean cainte, nach ea? Ach ag dul le fantaisíocht is dual duit a bheith? Nach bhfuil an ceart agam? Tú ag éalú ó réadúlacht an tsaoil, ba ea? Cé uaidh a bhfuilir ag éalú? Ó do chéile? Ó do chlann?'

'Mo chéile? Taitníonn caint léi, mar a thaitníonn liom féin. Minic muid ag magadh is ag spocadh faoi fhocla, faoi abairtí, faoi chinnlínte na nuachtán. Is mór an spórt iad, dáiríre, iad chomh hainbhiosach sin san dá theanga.'

'Spéis agat sa gceol, freisin? Ceol claisaiceach? Bach?'

'Bach, go deimhin. Ach gach cineál, nach mór. Beethoven. Sibelius. Shostakovich. Mozart. Ach ceolta tíre, freisin, ón Rúmáin, ó thuaisceart na hAfraice, ó dheisceart na Spáinne. Agus, ar ndóigh ...'

'Ealaín? Péintéireacht? Dealbhadóireacht? Picasso, is dócha?'

'Picasso, go háirithe a sheal gorm.'

'Do chaitheamh aimsire féin, b'fhéidir?'

'Cé?'

'Déarfainn go ndéanann tú féin beagán péintéireachta, ó am go chéile?'

'*Acuarela* … uiscedhath … Is ea. Tá an ceart agat. Bail ó Dhia ar t'imfhios. Beagán di. Dá mbeadh an t-am …'

'Gafa leis an ealaín atáir, ó gach taobh, a Chonáin!'

'Fíor dhuit. Rud í a bhaineann an mheirg ó scian gharbh an tsaoil.'

'Ach is fearr leat na focla?'

'Is iad is daonnaí. Éadaí a chur ar ár smaointí. Iad a chóiriú do stáitse na hintinne.'

'Ach nach dtuigeann tú gur éalú ón réadúlacht, ó fhadhbanna na beatha, atá san ealaín. Gur ar bhruach ghalar na hintinne atá an t-ealaíontóir?'

'Nílir dáiríre? Ag magadh atáir?'

'Deamhan magadh. As a mheabhair, a bheag nó a mhór, atá gach ealaíontóir. Ach anois is arís is féidir iad a leigheas, sul má théann siad thar an imeall, mar a déarfá?'

Cén fáth an t-ionsaí seo? Fearg a chur orm? Féachaint an n-éireoinn trodach? Agus ansin an ceangal a dhéanamh … Freud nó eile a chaitheamh isteach sa bpota, bealach amháin nó eile. … Ambaist …

'Beatha duine a thoil!'

'Ní chreideann tú mé?'

'Níl teora le tuairimí. Is iad na tuairimí a shaibhríonn an bheatha. Cead cainte ag cách.'

'Ag magadh fúm atáir, anois.'

'Ní chleachtaím cinsireacht. Muga magadh atá sa gcinsireacht. Agus is dócha go bhféadfása, mar a rinne Freud, cásanna a lua, mar thacaíocht don teoiric?'

'Go deimhin. An stair, mar thús.'

'Páirc atá leathan go maith, agus níos éagsúla fós, mura bhfuil dul amú orm.'

'Ach nach dtuigeann tú nach bhfuil tábhacht ar bith le tuairimíocht ar bith ach amháin dá bhfuil bunaithe ar an eolaíocht? Is í an eolaíocht bun agus barr na réadúlachta, bunchloch na beatha.'

'Tá a háit thábhachtach féin bainte amach ag an eolaíocht, gan amhras.'

'Creid uaimse é, má theastaíonn uait, agus má leanann tú leis na seisiúin seo, tá gach seans ann go leigheasfaí thú. Ar a laghad ar bith, éireoidh tú as an scríbhneoireacht agus as an bpéintéireacht agus, ar ball, cheapfainn, as an gceol, chomh maith, as an gcur amú sin ar fad.'

Agus b'fhéidir gur aici — cá bhfios? — gur aici atá an ceart. Go gcuirfeadh sí mise chomh láidir céanna in éadan na healaíne is atá, de réir dealraimh, sí féin, mé a tharraingt isteach sa saol réadúlach in athuair, mar a déarfadh sise. Ach maidir le ham a chur amú, ní ham amú go dtí an tseafóid seo, an draíocht a bhaint den bheatha, an beagán sásaimh atá ar fáil sa tsaol seo a lot. Agus, ar ndóigh, deireadh a chur lem fhataí! Ach níl gar i gcaint …

'Féach, a bhean chóir, is dóigh liom gurb é seo an seisiún deiridh, mar ní theastaíonn uaim a bheith leigheasta, más leigheas an rud a chuirfeá i ndán dom. Agus, nuair a bheas 'chuile shórt ráite, cé a chothós mo bhean is mo chlann, má bhaintear díom mo ghairm?'

'Nílir ag smaoineamh ar do mhac!'

'Táim, dáiríre. Agus ar mo chéile. Slán agat, anois!'

Comhluadar ban

Bailithe le chéile a bhí na múinteoirí agus thart faoi leathuair dá scaradh ó ranganna an tráthnóna; agus, mar i gcónaí, iad in áit na gcóifríní.

Mar ba dhual dóibh, ba iad na fir a bhí faoi chroslámhach. Na fir úd a bhí chomh mí-iontaofa sin, sa gcaoi nár chóir duit iad a thabhairt leat áit ar bith, ná éinní a fhágáil fúthu; ná, dáiríre, a bheith ag brath orthu faoi chúram ar bith. Na fir leisciúla sin nach n-ardódh oiread is mala le lámh chúnta a thabhairt duit, dar leis na mná seo; na fir sínte os comhair an teilifíseáin, iad idir chodladh agus mhúscailt, seans, agus go deimhin dá ligfí dóibh, sa gcathaoir chéanna a d'fhanfaidís go maidin, rú, nó go Lá Seoin Dic!

Comórtas ar bun anois, dealraíonn sé, féachaint faoi dhamnú an fhir chéile ba mheasa díobh. Comórtas géar é sin, dá mba chruinn dóibh ina gcuid biadán. Nó ina gcuid finscéalaíochta, ab ea?

Smid ní dúirt Máirín. Ar ndóigh, ar éigean a bheifí ag súil le focal uaithi, cáineadh ná moladh, ar na saolta seo, agus a fear féin curtha le mí. Agus leanfaidís ar aghaidh ar an trá fholamh seo go dtí imeacht ó chuimhne na dtonntracha contrártha céanna; agus ba ansin, dar ndóigh, a chasfadh an taoide, í ina rabharta scaití, taoide na moltaí! Mná...

Róisín: Ach, mar sin féin, tig leo a bheith tuisceanach, amantaí.
    Lá mo bhreithe, mhais, fuaireas bláthanna!
Sorcha: Fíor dhuit. Tá croí mór ag Tomás. Níor dhearmad sé lá ár bpósta ach uair amháin. Mharaigh mé é!

Róisín: Cá bhful do 'bhail ó Dhia'?

Úna: Agus 'chuile rud ráite, ní hé Séamaisín is measa.

Clíona: Ná Diarmuidín!

Cáit: Is dócha nach dtuigeann siad chomh huafásach, chomh damanta uafásach, is atáid, ó am go chéile...

Róisín: An ceart agat, a chroí. Ach a luaithe is a thuigeann siad ...

Sorcha: Go deimhin, bhainis na focla ó mo bhéal.

Cáit: Agus nach go crua a oibríonn siad, na créatúirí.

Clíona: Gach cianóg rua i mo láimh Dé hAoine. Muinín, a mhac.

An mhíorúilt déanta: Gach diabhal bocht díobh coiscrithe anois ina naomh mór. An amhlaidh a d'fhéadfadh a leithéidí a bheith ann arís? Ar éigean é, arsa Máirín léi féin.

Bhreathnaigh ar nós cuma liom ar an uaireadóir. D'fhéadfadh duine imeacht, anois, gan leithscéal, i dtreo an leithris, chun an cholainn a réiteach don tráthnóna, idir ghruaig is eile, í pioctha gléasta ó sháil go rinn, caoi nár mhiste agus an rang achrannach roimpi ag a trí, rang na Gearmáinise. *Arbeit macht frei*? Ach mealladh, a stór, nó céard eile a dhéanfaí, mar chosaint, agus an saol in aimhriar?

D'fhéadfadh sí imeacht léi anois, ceart go leor, gan cur as don taoide úr, gan caidéis a dhúiseacht, agus iad chomh corraithe sin. Agus ar aghaidh léi, a héadan ar leataoibh, sa gcaoi go gceapfadh an corrdhuine fiosrach gur ag machnamh a bhí sí, in ionad a bheith ag éalú. Ach ag doras an leithris ba ea a tháinig Siobhán suas léi. Céard é a bheadh ag cur as di-se?

Siobhán: Gabh mo leithscéal, a Mháirín. Mo phardún!

Máirín: A Shiobhán, a stór!

Siobhán: Tada, dáiríre, ach an cineál sin cainte anois beag agus ... agus ... an chaoi a bhfuil do chúrsaí féin, bail ó Dhia ort.

Máirín: Ná bí buartha. Tá mise ceart go leor. Dáiríre píre!

Siobhán: Ar éigean a rith sé leo ... Dearmad glan ...

Máirín: Tá's agam.

Siobhán: Mar sin féin …

Máirín: Ó, mar sin féin! Nach é an dá mhar a chéile é, in ainm Chroim?

Siobhán: D'fhear céile, tá mé a rá.

Máirín: Tá's agam. Tá's agam, a stór. Ach ná bí buartha. Tá mise ceart go leor. Beadsa féin ceart go leor. 'dTuigeann tú?

Dia dár réiteach. Céard é atá le rá, anois, agus gach rud ráite, ach an rá féin, rud nár tháinig: Ba leor an nod agus an ceart ar fad aici.

Siobhán: Féach, a Mháirín, tá mo sháith féin agamsa ach é ina rún agam le fada. B'amhlaidh a bhíos chomh mór sin idir dhá chomhairle, go rabhas trína chéile ar fad … faoi m'fhear céile, tá mé a rá … óir tá sé imithe uaim ina chroí istigh cé gur in aontíos muid. Agus níl fhios agam, ar thalamh an domhain, céard é is cúis leis seo uilig. Céard é a bhí déanta agam air? Nó an amhlaidh atá bean eile i gceist? Ach, a chroí, tá súil agam nach ag cur as duitse atáim, anois, le mo bhuaireamh? Níor oscail mé mo bhéal faoi na cúrsaí seo go dtí anois, dar mh'anam.

Isteach leo beirt sa leithreas. Bhreathnaigh Siobhán thart timpeall, féachaint an rabhadar dáiríre ina n-aonar sul má labhair sí arís. Bean eile ag Cóilín, mar sin? Cé a shílfeadh a leithéid agus é chomh ciúin sin, chomh pointeáilte i mbéasa, ach chomh diabhaltaí fuar lena chois sin uilig. Ciúin ciontach?

Siobhán: Oibrí maith atá ann, ar ndóigh, é ina sholáthraí den scoth.

Máirín: Bail ó Dhia air!

Siobhán: Ach, breathnaigh! Le breis is bliain níor leag sé lámh orm. Ach ní shin an t-iomlán, ach oiread. Le dhá bhliain, geall leis, ní dhearna sé grá liom. An gcreidfeá sin? Go deimhin, ní cuimhin liom go baileach an uair dheiridh dúinn a bheith fáiscthe lena chéile. Minic mé fós im dhúiseacht, ag fanacht lena choiscéim ar an staighre, is a lámh ar mhurlán an dorais, go dtí a trí, is é fós thíos staighre, go dtitim i mo chodlach is mé marbh le tuirse. Ach ar maidin dom, is mé i mo dhúiseacht, sin é sínte taobh liom, é ag srannadh. Caithfidh go mbíonn sé ag fanacht thíos, go mbíonn sé cinnte gur im chodladh a bhím. Dom sheachaint a bhíonn sé, Dia linn, nó an bhfuil aon mhíniú eile ar na cúrsaí seo?

Máirín: 	An amhlaidh atá sé ag obair ródhian? Nár dúirt tú, bliain nó mar sin ó shin, go raibh sé th'éis ardú céime a fháil, é ina bhainisteoir anois, ab ea? É spíonta? Nó … nó go bhfuil ag teip air, ar chúis éigin, an … an caidreamh a chur i gcrích. An dtuigeann tú céard é atá mé a rá? É a chur, nó a choinneáil, ina sheasamh? An leaid geal? Nár dúirt tú faic?

Siobhán: 	Spíonta? Ní hea. Ní hea, ar chor ar bith. Bhí sé i gcónaí agus tá sé in ann fós, agus thar a bheith in ann, don ghalf, ar aon chaoi. Agus maidir le … le fadhbannaí comhriachtana … ní chreidim é. Agus fear óg ábalta, mar a bhíodh, agus gan ach an dá scór sáraithe aige! Nár chóir go mbeadh tochas éicínt air, uair sa tseachtain, ar a laghad ar bith? Agus mo Chóilínse, fear nach sásódh an dá uair ná na trí huaire féin sa tseachtain é go dtí … go dtí … ní thuigim … ní thuigim, in aon chor.

Í ag snagaíl, anois.

Máirín: 	Ar éigean aon bhean eile i gceist, mar sin? Nó ar thugais faoi ndeara é ag cur níos mó spéise ina chuid éadaí, nó a leithéid? Bearradh gruaige ní ba mhinicí? Sin iad na comharthaí, ar aon chaoi, dar leis na banirisí, más fíor dóibh!

Siobhán: 	Níl fhios agam. Sin í an fhadhb. Níl fhios agam. Níor thugas faoi ndeara aon mhórathrú air. Rud ar bith suntasach, ar aon chaoi. Gan ach cuma na tuirse air, ar fhilleadh dó ón oifig. Nó é dubh dóite díomsa, mo léan? Ach, cibé ar bith, isteach sa gcathaoir uilleach dó, a luaithe is a thagann sé isteach sa tigh, agus san áit sin a fhanann sé ag dtí go n-éiríonn an mada, fonn air dul amach lena mháistir go dtí an abhainn. Thar n-ais dó, isteach sa gcathaoir arís leis, an cianstiúradh ina láimh aige, é faoi shuanriocht ag an teilifíseán, é chomh ciúin le luchóg, gan smid as. Suas staighre liomsa, go dtí an leaba, mé ag fanacht ar a choiscéim ar an staighre. Ag súil … ag guí … agus ní chuirfeadh sé a dhath d'iontas orm dá gcloisfinn gur ag éisteacht lasmuigh den doras a bhíos sé ar ball, go gcloise sé Aerfort Bhaile Átha Cliath, mar a deireadh sé uair.

Máirín: Aerfort …?

Siobhán: Mé ag srannadh, d'eile!

Máirín: Nílir dáiríre?

Siobhán: An scéal céanna ag na gasúir. Máma ina scairdeitleán, dar leo. Ach féach, a Mháirín. An dtuigeann tú an cineál sin … cineál péine … tú it aonar, ded bhuíochas? Céard eile agus gan focal uaidh? Gan ach claonadh den cheann. Sin, nó croitheadh diúltach, an rud is minicí. Tú dod cheisniú de shíor: Céard é a rinne mé air, i ngan fhios dom? Nó cén milleán ruda atá orm? Nó an amhlaidh atáim, dar leis, gan … gan … gan mhaith … gan tarraingt … gan feidhm … agus é chomh cíocrach, chomh bailí sin im dhiaidh, tráth. Mé gearrtha amach óna shaol, anois. Mé im aonar. An dtuigeann tú?

Uaigneas an focal, blas na huaighe. 'Tuige nach dtuigfinn? Tú ag breathnú ar chúpla sa tsráid, a lámha fáiscthe ina chéile, iad chomh greamaithe lena chéile sin is iad ag spaisteoireacht, agus tú in éad leo, agus néal uafásach dubh ort féin, a fhios agat go bhfuilir id aonar sa tsaol, agus gach éinne eile thart timpeall ort, iad réitithe, socraithe, cúpláilte.

Máirín: Mhaise, tuigim duit, a stór, is go rí-mhaith. An t-uaigneas. An diabhal mallaithe uaigneas.

Siobhán: Caithfidh gur mhothaigh tú an diabhal rud céanna

anois beag agus iad siúd ag bladaráil faoina gcuid fear, tú ag ceapadh, mar a bhí mise, gur beag an gearán atá acu ag deireadh an lae, iad cinnte den bhfáisceadh úd sa leaba, na lámha thart timpeall orthu. Sin an fáth dáiríre gur thángas it' dhiaidh mar thuigeas do scéal. Nach mar a chéile muid, an bheirt againn inár mbaintreacha …?

A lámha anois thart timpeall ar ghualainn Mháirín.

Máirín: A' ndearna tú aon iarracht faoi chúrsaí a phlé le Cóilín?
Siobhán: An oiread! Teip ghlan!
Máirín: Féach: Féile mhór mar cheiliúradh ar do phósadh. An béile ab fhearr leis … coinnle lasta … bláthanna … sciorta gearr nua … lom nocht do chosa … cumhracht, a mhac: Sin an buachaill!
Siobhán: Táim á rá leat: Níl aon mhaith ann. Chomh luath is a thosaím, tig leis an t-ábhar a athrú. Airíonn sé cúrsaí ón dreach ar m'aghaidh, ón tuin cainte uaim, ón gcaoi a bhfuilim im sheasamh … ní mé cé acu go baileach … sin, nó neach éicínt neamhshaolta taobh leis, a chuireann cogar ina chluais. Sin díreach an fhadhb! Sin díreach an fhadhb!

An clog ag bualadh amuigh sa gclós: Sos i gcrích; ranganna ag fanacht …

Siobhán: Ní mór dúinn imeacht, a Mháirín.
Máirín: Tá's agam, a stór.
Siobhán: Caithfidh muid … is ea … i rith na seachtaine, am éigin.
Máirín: Siúráilte.
Siobhán;   Ach gabh mo leithscéal as an gcur isteach sin ort.
Máirín: Tuigim do chás, a stóirín. Tuigim, mais. B'éigean duit labhairt le duine éicínt nó go bpléascfá. An ceart ar fad agat. Labhair leat i gcónaí, bail ó Dhia ort, agus fáilte! Agus féach:

Seans go bhfuil an freagra agam duit. Ar smaoinigh tú ar litir
a scríobh chuige, más fíor duit go bhfuil sé chomh glic sin?
Nach mbeadh iachall éigin air í a léamh is a fhreagairt?

Siobhán: A mh'anam, níor rith sé liom. B'fhéidir nár mhiste.
Ach, a Mháirín, tá brón orm, tá náire orm; ar mo choinsias
anois atáir!

A lámha arís thart timpeall ar ghualainn Mháirín. Ar a laghad
ar bith, arsa Máirín léi féin, agat go fóill atá d'fhear, ach sa chill
atá mo cheann-sa.

Thar n-ais néal an uaignis, néal dubhach, mar a bheadh
fallaing ann, í thart timpeall uimpi, a luaithe is a lig Siobhán
uaithi í, le dul isteach i seomra an ranga. *Bist du fertig*, a
Mháirín?

Tréigean na neide

Ar dtús, níor mhothaigh sí dada. Ní dhearna sí dada ach breathnú amach air, é breá óg, é gléasta go néata, snas ar na bróga, caoi ar a chuid gruaige, ceol lena shiúl.

Ag an ngeata chas sé thart is d'ardaigh a lámh, mar a bheadh beannacht ann, go díreach mar a d'ardaigh sé í roimh imeacht uaithi isteach i scoil na naíonán an chéad lá úd, is an dreach uaigneach caillte céanna air. Go deimhin, ba bheag an t-athrú a tháinig ar an dreach sin le heitilt na mblianta, nó ar an leathgháire scáfar úd, ach oiread, leithscéal de gháire, mar a thug sí féin air, focla a spreag an fíorgháire ar ball.

Fál sceach idir í agus é a chuir deireadh leis an bpictiúr agus bhí sé slógtha siar ag an saol. Ach d'fhan sí fós sa doras, í ag éisteacht le trup trap na gcos, í ag ceapadh go mb'fhéidir go bhfillfeadh sé. Fill, fill, a rún-ó! Ach fill ná fill ní dhearna sé. Facthas di go raibh neart a thola, bail ó Dhia air, le cloisteáil sa choiscéim. A thoil chomh láidir, chomh daingean láidir, lena toil féin. Nó ní ba láidre fós, ab ea?

Ar ndóigh, níorbh éigean dó imeacht, go fóill, ar aon chaoi. Nach bhféadfadh sé fanacht achar gearr eile, go deireadh an tsamhraidh? Agus fáilte roimhe sin … ach an nod a thabhairt. Ach nod é sin nár tugadh. Faoi fhéin a bheadh sé, agus a bhí, cé gurbh éigean di na slisní a theannadh air. Ar aon chaoi, imeacht a bhí uaidh, tar éis dóibh cúrsaí a phlé. Deamhan míniú eile a bheadh ann. Sin nó éalú, ab ea? Éalú saoil agus trá?

D'fhan sí ansin go fóill, go dtí nach raibh na coiscéimeanna

muirneacha sin le cloisteáil a thuilleadh, nó nuair a bhíodar
bailithe leo i measc na gcoiscéimeanna eile, ar a ndeifriú abhaile
óna gcuid oibre sa mbaile mór (nó, dar léi, óna gcuid
dífhostaíochta, óna síorchuardach oibre, cuardach meicniúil, is
an dóchas tráite le míonnaí, le blianta, cuid díobh). Ar aon chaoi,
bhí jab ag an leaid seo, an ceann ab óige, nó deamhan imeacht a
d'fhéadfadh sé a dhéanamh. Jab sealadach, ar ndóigh, go dtí go
gcruthódh sé a scil is a ghreim ar an saol, sprioc a bhuailfeadh sé
go deimhin, fear dá mhianach, leathbhreac a athar. Agus ansin
cleamhnas, bainis, baisteadh, áilleagán intreach an tsaoil.

Ach níor bhog sí fós, greim docht i gcónaí aici ar an bpictiúr
deireanach seo, eisean ag imeacht leis gan smid, é ag siúl go tapa
ón doras go dtí an geata. An geata á tharraing chuige féin. An
casadh thart timpeall. An aoibh ait úd ar a aghaidh, dreach éigin
idir gáire is náire. Agus ansin an gáire, an ghrian amach ó na
néalta, grian an choncais, mhais, agus é ag bualadh na sráide leis,
é ina fhear, anois, rud a bhféadfaí a bheith bródúil as, cinnte, ach
a bheith caointeach, beagán, as, freisin, leoga, i ndiaidh an
ghasúir a d'imigh, nó roimh an bhfear a tháinig, fiú.

D'fhan sí ansin ag sníomhadaíocht, leisce uirthi an doras a
dhruid agus aghaidh a thabhairt ar an teach folamh. Ach an
amhlaidh a bhí an tarna rogha aici?

Faoi dheireadh, dhruid sí an doras agus thug faoi ndeara an
fhuaim nua. Ba shin an chéad uair a chuaigh an t-uaigneas i
dteagmháil léi sa tigh sin, dáiríre. Fiú nuair a cailleadh an
t-athair féin ní raibh an t-uaigneas sin le haireachtáil, is an cúram
siúd isteach is amach, mar chlann challánach mhac. Ach anois
tháinig an t-uaigneas suas léi, mar a bheadh néal tachtach ann,
Dia linn.

Ar aghaidh léi i dtreo an staighre, nó bhí gá le caoi a chur ar
chúrsaí thuas. Ba ansin a thug sí faoi ndeara boladh Nioclás, é
ag éirí amach as an gcúinne faoin staighre, áit a mbíodh a chóta
á chrochadh aige leis na blianta, boladh ciúin, boladh gur ar
éigean a bhí ann, dar léi, go dtí anois, é ina thaibhse, nach mór,
taibhse nár theastaigh uaidh an teach a thréigean, taibhse a ba

dheacair a ruaigeadh, dá mba mhian léi. Boladh ab ea é a bheadh níos láidre fós sa seomra a ba leis é, thuas.

In airde léi óir chaithfí caoi a chur ar a sheomra, nó slacht éigin a chur ar an réabhlóid éadaí is leabhra is póstaeir is pictiúirí a bhí roimpi ar oscailt an dorais di. D'fhillfeadh sé, dar leis, é féin agus Séamas, agus carr Shéamais, agus isteach ann a chuirfidís an t-iomlán, dá mba fhíor dó.

Mar sin is dá bhrí sin ní fhéadfadh sí aon cheo a dhéanamh sa seomra sin san idirlinn agus b'fhearr an doras a dhúnadh, is dearmad sealadach a dhéanamh de na cúrsaí sin, agus glacadh leis an saol mar a bhí, an tseafóid a bhrú faoi chois agus tabhairt faoi obair an tí. Sin nó an ócáid a fhliuchadh. Ach níor tháinig na deora.

Nár mhór do dhuine glacadh le fíricí an tsaoil. Dá mba fhíor é go raibh donas ag baint leis an bhfás nach mbeadh sé chomh fíor céanna a mhalairt a rá? Agus nach raibh an tógáil curtha i gcrích agus go maith aici? Nach bhféadfaí a bheith bródúil as an obair, as an bhfear a rinneadh, as é a ullmhú do ghrá is do chrá na beatha?

Ach níor chóir di leanúint ar an dóigh seo, ar sise léi féin, is trua á déanamh aici di féin. Pléite a bhí cúrsaí agus le seachtainí, is cinneadh déanta. Ise a dúirt leis imeacht. Nárbh fhíor sin di? Ceart go leor, ise a *chomhairligh* dó imeacht agus Uncail Aodh á tharraingt amach as an uaigh, mar fhinné, Aodh a d'fhan dílis is in aontíos lena mháthair, é dílis go bás di, agus ina dhiaidh sin fós, mar níor fhág sé an teach riamh, fiú le dul ar saoire, is níor athraigh sé puinn, sa chaoi gur fhan an teach agus dá raibh ann mar fhráma thart timpeall ar chuimhne na máthar.

Tar éis a báis bhí sé ródhéanach, ródhéanach ar fad, aon cheo a athrú, in Aodh féin, an fear bocht, gan bacadh leis an teach, mar goidthe ag an dílseacht úd a bhí óige Aodha. Ní raibh fágtha ann, an créatúr, mar léar bheatha, ach a dhúil san ól.

'A Niocláis, a stór, níor mhaith leat do shaol a chríochnú ar an dóigh sin, a thaisce?'

'Níor chóir thú a fhágáil it' aonar sa teach mór seo. Ní bheadh sin ceart ná cóir!'

'Scéal agus a thóin leis, seafóid! Is í an mháthair an namhaid is contúirtí atá ag an bhfear óg. Ag an mbean óg féin. Ach ag an bhfear óg, go háirithe.'

'Ná habair nach mbeitheá uaigneach …'

'Nár éirigh liom clann mo chlainne a fheiceáil, buíochas mór le Dia, mar léargas ar an síoraíocht? Nach dtig liom sé theach a ghairm mar mo theach féin agus fáilte ó chroí romham i ngach teach díobh ach mé a bheith ciallmhar, is gan ach cuairt seachtaine a thabhairt uair ar bith. Teacht an fhiolair agus imeacht an cholúir, a mhac!'

Nioclás ag gáire ansin agus an cath buailte aici, mhais.

'Ach an dtuigeann tú, a thaisce? Is tá na mílte Uncail Aodh sa tír seo, iad ag feo de réir a chéile, Dia linn, is gan bean ar bith ann le caoi a chur orthu, gach duine bocht díobh millte ag an máthair. Ar mo choinsias atáir, a mhac. An gcloiseann tú mé? Anois ó tá jab agat…'

'Jab sealadach…'

'Jab a dhéanfas tú seasta, mura bhfuil ag Dia …'

'Abair "le cúnamh Dé"!'

Is bhí an cath buailte ansin, ceart go leor. Seachtain ina dhiaidh sin, tar éis an dinnéir, ba ea a scaoil sé a rún, go raibh arasán faighte aige ar imeall an bhaile, gan ach dhá sheomra ann, ach ba leor sin, dar leis. So-íoctha a bhí an cíos agus sin déanta cheana féin aige roimh ré. An dtiocfadh sise amach chun é a fheiceáil, chun é a chomhairliú, maidir le troscán, maidir le brat urláir, dathanna, eile? Agus, ar ndóigh, chuaigh…

Faoin am seo, nó i gceann tamaill bhig, bheadh sé ag ligean a scíthe san áit sin. Seans go mbeadh sé uaigneach ar dtús agus cén dochar? Ach ní bheadh san arasán, san dá sheomra sin a bhí uaislithe aige do chéim an arasáin, ach áit chodlata, é amuigh ar feadh an lae, ag obair, é amuigh sa tráthnóna agus san oíche, nó cuid den oíche, lena chairde, le mná, le bean ar leith ar ball, le cúnamh Dé, bean mhaith a thabharfadh aire dó, mar phleidhce, go n-íosfadh sé a dhóthain, is den ábhar ceart; go gcoinneodh sé caoi ar a chuid éadaí…

Saor a bhí an bheirt díobh, máthair agus mac, anois, is caolán imleacáin gearrtha faoi dheireadh. Nár chóir sin a chéiliúradh?

'Ná bí róbhog agus ná bí róchrua. Ach ná bí róbhog!'. Is róbhog ní raibh sí ariamh; an raibh, anois? Cúig bliana fichead d'aois sáraithe ag Nioclás, beagnach go dtí an lá, is é ag imeacht uaithi, é ag teacht chun aibíochta (más féidir a leithéid a chur i leith ár rogha fear), é ullmhaithe aici, beagnach, don chéad bhean eile, é ag dul ó bhean go bean (sheacht mh'anam do shliseog!) feasta, seans, is an bhean deiridh ag fanacht leis i gcónaí, go ligean na hosna deiridh, len é a ghlacadh thar n-ais ina broinn, mar thalamh.

Síos an staighre léi anois agus isteach sa chistin, le cnaipe an raidió a chasadh, le héisteacht ghearr a thabhairt, ach ansin é a chur ina thost arís... B'fhearr téip éigin a thriail, ceann oiriúnach don ócáid. Field? Elgar? Beethoven? Ó Riada? Nó soit Chiarraí? Soit níor mhiste ach, i dtús báire, mar *hors d'oeuvre*, Debussy ... *Clair de lune*? Go breá, agus cupán tae in éindí, cupán tae cosnochta, mhais.

Bhí an tae fliuctha nuair a scairt an guthán. Facthas di go raibh práinn éigin sa scairteadh, é níos airde ná ba ghnáth. Clann chlainne tinn? Dheifrigh sí chuige.

Guth mná: An raibh Nioclás istigh? (Níor chuimhnigh sí riamh ar bhean ag cur feasa ar Nioclás.)

'Níl sé istigh faoi láthair (ar chóir di a rá go raibh sé imithe? Nach raibh an seoladh nua ar a heolas?). An bhféadfadh sí aon teachtaireacht a bhreacadh?'

Seans gur sceith a fiosracht uirthi. Arbh amhlaidh a scanraigh sí an bhean óg — óg, de réir a gutha — rud go deimhin nach raibh ar a hintinn?

Ciúin béasach a bhí an bhean óg ach ní dúirt sí mórán. Scairtfeadh sí arís. Agus ba shin an méid.

Ach dá scairtfeadh an bhean óg sin arís, céard é a ba chóir a rá? An beagán go béasach arís? Nó an fhírinne ghlan, go raibh sé bailithe leis, go raibh an nead tréigthe ag an éan ab óige?

B'fheasach di go maith céard é a ba bhréa léi a chur in iúl don bhean óg chéanna, go raibh an leaid tar éis bailiú leis ó chrúba a mháthar, go raibh sé ina mharc maith ag an té ab fhearr a dhéanfadh é a cheansú, agus a chonách sin uirthi. Agus, ar aon chaoi, go raibh sé thar a bheith in am don mhac seo mamaí a fhágáil agus cúig bliana fichead sáraithe aige.

Thosaigh sí ag gáire agus i ndiaidh an gháire a tháinig na deora.

An domhan follasach

le Francisco García Pavón

Le tamall fada is feasach gur féidir éisteacht lena bhfuil á rá i dteach cóngarach le glacadáin ar leith, is gan aon tarchuireadóir a úsáid. Córas ab ea é a bhí an-rúnda agus is cosúil nár bhain feidhm as ach amháin an tseirbhís fhrithspiaireachta agus, i gcorrchás, na póilíní.

Níos déanaí fós tháinig scéala, iad siúd freisin faoi cheilt mhór, go bhféadfaí cúrsaí in áit chóngarach a fheiceáil ar scáileán teilifíse. Go han-chúramach, freisin, a coinníodh an modh seo faoi chaille is níor baineadh feidhm as ach amháin i gcásanna fíor-speisialta.

Ach faoi dheireadh — agus anseo dáiríre a thosaíonn ár scéal — b'amhlaidh a d'éirigh le díograiseoir i gcúrsaí raidió is teilifíse, cé nárbh innealtóir é ná éinní cosúil leis, is gan a bheith á iarraidh, dealraíonn sé, d'éirigh leis féachaint ar chúrsaí is éisteacht leo, is iad taobh thiar de bhallaí i bhfad uaidh. Cén chaoi ach trí theilifíseán simplí, is é i gceangal le ní mé cén gléas.

D'fhoilsigh an ceapadóir a fhionnachtain sna ceithre hairde agus toisc an tairiscint a bheith chomh sobhlasta sin, is sul má bhí deis ag na húdaráis gníomhú, líonadh an chathair leis na

---

Aistrithe ón gCaistílis: 'El mundo transparente', le Francisco García Pavón. (*La guerra de dos mil años*; Ediciones Destino; Colección Áncora y Delfín, iml. 294; cab. a IX; Barcelona, 1967, 1971)

glacadáin chomhcheangailte seo a gheall an oiread sin taitnimh don leamhasán is don bhfiosraitheoir. Taobh istigh de bheagán os cionn bliana, i ngach teaghlach a bhí réasúnta gustalach, d'fhéadfaí breathnú ar a mbeadh ag tarlú faoi 10 gciliméadar thart timpeall is gan ach an teilifíseán coitianta a dhúiseacht is é ceangailte le roghnóir íomhánna arbh éasca a dhéanta.

Sin réamhscéal don staid a tháinig i bhfeidhm ar an toirt agus a d'oibrigh chomh mór sin chun leasa na tubaiste uilíche atá ar ár n-eolas.

Thar cúpla mí, d'athraigh dearcadh na ndaoine ar bhealach doshamhlaithe. Riamh ar feadh na staire níor tháinig meiteamorfóis, sa síceolaíocht chomhchoitianta, chomh bunúsach, chomh drámatúil leis. Go hobann, mhothaigh gach éinne é féin a bheith faoi spiaireacht agus faoi shonrú ó nóiméad go nóiméad ina shaol; agus, faoin am céanna, fonn ciapach air chun spiaireachta, le saol a chomharsan a ghrinneadh. Chomh mór sin thar fóir a d'éirigh cúrsaí gur minic cuardaitheoir a bheith ar thóir rún na comharsan, agus é siúd ag iarraidh an té sin a aimsiú, gur tháinig sé air taobh lena ghlacadóir, é ag breathnú air siúd a bhí á lorg.

Ach na fir ba chiallmhaire, ar dtús, agus, ar ball, gach éinne, beagnach, gabhadh iad i staid phianpháise dhomhínithe, a luaithe is a d'imigh úrnuacht an chluiche. In éag a chuaigh an ligean scíthe nádúrtha a dhéanann an duine daonna, agus é ag ceapadh a bheith ina aonar. Agus thosaigh daoine á n-iompar féin i gcónaí ar bhealach saorga, mar a dhéanfaidís agus doras a seomra a bheith ar faonoscailt.

Ar ndóigh, fíorghreannmhar dáiríre a bhí na chéad fhreagraí ar fheiniméan shúil seo na cruinne agus cheapfainn iad a bheith ar leas chaithimh agus nósanna sóisialta.

Mar shampla, mná tí ag am lóin, d'fhéachaidís chuige go mbeadh an bord cóirithe go han-ghalánta, na bratanna glan agus an fhoireann nua. Gléasta go maith a bhíodh gach éinne ina shuí ag bord agus labhraidís lena chéile go gealgháireach is le haireachas. Na béilí, ar eagla a ndéarfaí, bhídís go breá agus curtha ar bord go maith. D'íoc soláthar na clainne as brú bheartas éigeantach seo an aireachais. Bhíodh bean an tí ag obair moch mall, ar fheabhas agus le slacht. In éide i gcónaí a bhí na cailíní aimsire le feiceáil, na gasúir gléasta go mionchúiseach agus troscán an tí ag lonrú go gléghlan. Agus ní thagraímid don chomórtas faoi fheabhsú an bhiachláir. Fíoreiseamláireach a bhí cúrsaí.

'Ba chóir dúinn cúróg de mhilseog a chaitheamh mar a dhéanann siad siúd in uimhir a 158 ... agus branda na Fraince leis an gcaifé. Ná ceapadh an óinseach úd atá dár mbreathnú nach saothraíonn muid ár ndóthain chun go gceadódh muid dúinn féin na sócaimis údaí.'

Ar ndóigh, b'amhlaidh gur ag amantaí straitéiseacha a labhair na lánúineacha ar an dóigh seo, mar más sa chaoi chéanna a bhí le feiceáil gach rud a rinneadar bhí an chaint ba lú le cloisteáil. Mar bheart in am na héigne d'fhéadfaí éalú ó radharc. Ba leor an solas a mhúchadh nó na fuinneoga a dhúnadh; ach riamh uile gan a bheith le cloisteáil. Dá mba dhorcha a bhíodh an seomra, dorcha a d'fhanadh an glacadóir teilifíse ach chloistí go foirfe an chaint. Maidir le seomraí folctha agus codlata, nuair a bhaintí úsáid astu théití isteach iontu sa dorchadas nó, ar a mhéad, solas an bhealaigh a dhéanamh le miontóirsí a mhúchtaí a luaithe is a bhíodh sin indéanta.

Scaití, má chuireadh i bhfeidhm an glacadóir ar theaghlaigh i gcéin, ní raibh le feiceáil ach seomraí faoi cheo, agus sin pollta ag gathanna na dtóirsí. Nó seans go bhfacthas bean an tí, í gléasta go hiontach, í ina suí i gcathaoir ag léamh leabhair álainn nár thuig sí ...

Uain bheo a bhí ann do na mná scaoilte dea-chumtha. Gan scannal a chur ar éinne, chuadar thart ina gcuid seomraí agus macnas na ndrúiseach á mhúscailt acu.

Bhí ar na lánúineacha deireadh a chur le hargóintí nó caint ar chúrsaí airgid. Ba nuair a chuadar ar thuras agus sin amháin a rinneadar na comhráití colgacha nó gearánacha, mar fós féin bhí sé deacair físeanna agus fuaimeanna a ghlacadh agus an fheithicil faoi ghluaiseacht.

Bhí clanna ann a rinne, mar chumarsáid, nótaí beaga breactha le mionscríbhinn a thabhairt dá chéile, a léigh siad agus iad gléite go dlúth lena súile, nó ar foscadh an bhoird leo leis an miontóirse. Bhíodh na fir san airdeall lena gcuid léitheoireachta is théadh siad i bhfolach le deoch a ól nó le caoineadh. Thaispeáin na mná díograis ar leith i maisiú a gcuid tithe agus i marc a gcuid cumhrachtaí agus éadaí. Ar ndóigh, caithfear a shoiléiriú go mbíodh lucht tráchtála, le cabhair ón meán breathnadóireachta mí-dhiscréidí seo, ar an eolas go hiomlán faoi cheannach an duine agus ar chúis ar bith chnagaidís ar do dhoras le tú a chomhairliú chun go n-athrófá go dtí a marc siadsan, go raibh sé i bhfad níos fearr.

B'éigean do gach béas inmheánach a bheith faoi cheileatram mar rud náireach, mar dhea, agus malartaíodh daoine daonna, i gceann tamaill bhig, i neacha de mheangadh gáire steireaphlátáilte, iad rí-chuí de bhéas agus de chaint mheasartha, mar a dhéanfaí ar cuairt.

Mar thoradh ar na bacainní leanúnacha seo tháinig tolgáin néaracha a ba chúis le drochiarmhairtí, mar a bheas deis a fheiceáil. Rinneadh fíormhairtíreacht d'obair oifige agus mhonarchana, ach ag an am céanna bhí an toradh iontach táirgiúil, mar toisc a fhios acu go rabhadar faoi shúil is faoi chluais an tsaoil b'amhlaidh a d'oibrídís le deismínteacht ar leith agus i gciúnas critheaglach.

Tháinig athrú fiú ar nádúr na ngasúr, a raibh an smaoineamh curtha ina gceann iad a bheith i láthair na súile uilíche seo de shíor, agus shiúlaidís ina stalca i gcónaí, iad dea-ghléasta, iad go brónach, is gan a bheith in ann a chur in iúl os ard a riachtanais cholainne.

Bhí gan mhaith acu gach faichill a rinneadar leis an mbuaireamh a sheachaint. A láidre atá fiosracht an duine ní raibh éinne sásta diúltú dá fhuinneog, go háirithe is a fhios aige go raibh seisean faoi shúil ar a uair fhéin. In éindí leis na nósanna eile sláintiúla chuaigh an bhréag in éag, nach mór. Níor fhéad éinne a rá nach mbíodh sé sa mbaile nuair istigh a bhíodh, nó anseo nó ansin, nuair nach mbíodh. Fiú sa chás go raibh i bhfíordhorchadas na cubhachailí a bhí in áirithe sna *cabarets*, mar a gcéanna *los mébles*, ní raibh aon mhaith déanta. Chaill an fear a neamhspleáchas go hiomlán agus acmhainn chun tionscnaimh.

Shíl na daoine éirimiúla go mbeadh leigheas ar fáil sách tapaidh ar a leithéid de chás tubaisteach, mar go n-éireodh daoine cleachta leis an síorbhreathnú, go dtiocfadh bogadh agus go bhfillfeadh gach duine ar a raibh de spéis aige ann, de réir a chomhairle féin, is rí-chuma leo céard é a tharlódh. Fiú is go dtéann amach ar an sráid gach lá na daoine gránna is dathúla, lena n-aghaidh, agus iad gan a bheith róbhuartha fúithi, thiocfadh an lá nuair nach mbeadh daoine róshuaite faoin saol a bheith eolach ar a nósanna príobháideacha. Ach orthu a bhí an dallamullóg. Chun go mbeadh an scéal amhlaidh bheadh gá le roinnt glún daoine. Bhíodh nádúr an duine chomh cleachta sin le bruacha áirithe, maidir le neamhspleáchas agus le dlúthchaidreamh, nach raibh ar a chumas teacht fad le cuar íslíoch an phróiséis, mar a deirtear, go dtí an bogadh. Agus taobh istigh de roinnt míonna thomhaiseadar na néaróga comhchoitianta.

Ní gá a rá gur imigh as áireamh, beagnach, gadaithe agus coirpigh ghairmiúla. Rinneadh de na príosúin ionaid chompordacha agus daonna a raibh drochíde do na cimí crosta. Eiseamláirí de chontanós, de cheartúcháin agus de dhea-nósanna a bhí sna scoileanna cónaithe, na scoileanna ceartúcháin, na campaí oibre agus san arm féin. Is cinnte gur sa ghné seo, i gcoitinne, a bhuaigh an pobal, ach an damáiste a rinneadh don duine aonair ba bhun le tráma ginearálta i bhfad chun tosaigh ar na buntáistí poiblí.

Gan mhoill, bhí daoine ann, iad siúd ba chéillí, daoine nárbh fhéidir maireachtáil sa staid seo de shíortheannas, a chaill guaim orthu féin, a bheag nó a mhór. Na daoine ba mhó misnigh, níor fhulaing siad ach corrthaom histéireach, rud a scaoileadh trí bhagairt san aer, mar a deirtear, ar an gcomharsanacht a bhí á mbreathnú. Radadar 'chucu siúd' tarcaisní agus rinneadar cúrsaí graosta mar mhaslaí agus chun scannal a thabhairt. I gcásanna eile bhí an leannán smaoinimh úd chomh mór agus chomh leanúnach sin gur chríochnaíodar i dtithe banaltrais. Ar an Stát a chuir na daoine an milleán as a leithéid de scannal a cheadú, ach níorbh é an Stát a bhí ciontach leis, is níor thuig an stát rómhaith céard a dhéanfaí i láthair féiniméin chomh neamhchoitianta sin. Mar níorbh iad muintir an Rialtais ba lú a bhí thíos leis, is a saol príobháideach is poiblí gan foscadh mar a bhí ag Juan ar bith.

Go deimhin, mar is dual, tháinig feabhas as cuimse ar shaol polaitiúil agus riarthach na cruinne as an bhfollasacht seo. Mar a bheadh Dia féin i láthair ba ea a d'iompair na gobharnóirí agus na riarthóirí iad féin le cuibheas agus le hionracas nach bhfacthas riamh. Cuireadh i bhfeidhm an dáiríreacht, an fhírinne oibiachtúil, go dtí leibhéal doshamhlaithe. Breabaireacht, caimiléireacht, ráscántacht, fabhraíocht, ar dual dóibh an oiread sin ionsaithe a dhéanamh orthu siúd a chaitheann a saol leis na háiseanna poiblí, d'imíodar uilig, go dtí pointe thar meán, sa chaoi gur fhág roinnt mhaith polaiteoirí agus riarthóirí a bpostanna, mar leis an tuarastal glan agus gan na breabanna coitianta bhí na postanna fágtha gan mhaith.

'Faoi éigean' a d'éirigh gach éinne ionraic, cúirtéiseach, stuama agus fírinneach, a bhuí den bhrú lasmuigh. Bhí forbairt déanta ar an gcoinsias, fiú trí mhodhanna meicniúla, bealach a bhí beagnach soiscéalach …

Ach, maidir le soiscéalta, dodhéanta a rinneadh an fhaoistin. Bhíodh gach éinne ag féachaint le fios rúin a fháil ar fhaoistin roinnt ban agus boc mór agus ní théadh duine i ngar do bhosca faoistine mura mbeadh mórtas á dhéanamh aige nó bréaga. Rinneadh staidéar ar mhodhanna ar leith, mar shampla na séipéil a fhágáil dorcha chun nach mbeifí in ann teacht ar an aithríoch. Ach gan mhaith a bhíodh siad, bhí eagla orthu uilig go bhfeicfí ag dul isteach sa séipéal iad agus go mbeadh a nguth le haithint. Ar chomhchéim le seo tháinig deireadh leis an adhaltranas, leis an slad agus leis an gcoirpeacht. Fad a bhí an bheatha aonair ag dul ó rath go drámata bhíodh bua ag an gcomhluadar maidir le íonacht agus foirfeacht. Ach, mar a dúras cheana, ní chúitíodh na buntáistí an scrios ar dhlúthchaidreamh, ar dhúchas dona nó maith, domheallta, an duine. Bhíodh sé cruthaithe arís eile go gcaithfidh an fhoirfeacht phoiblí teacht trí mheas ar shaoirse aonair. Ina mhalairt de chás, titear i gcineál éigin ollsmachta, atá in ainm is a bheith ag feabhsú an phobail i dtreo áirithe ar bhonn a chiorraithe agus trí chomhéigniú a imirt ar an indibhidiúlacht. Agus, ar ndóigh, teipeann orthu agus críochnaíonn cúrsaí ina dtubaiste, toisc nach féidir leis an bpríobháideachas cur in éadan brú ach go pointe áirithe agus in ócáidí rí-speisialta. Fós féin, tá sláinte an anama aonair láidir a dhóthain chun go dtig leis an domhan leanúint ar aghaidh.

Ar ball, tháinig sos éigin le fionnachtain de chineál éigin aispeiste a chuir bac, nach mór, le tonnta fuaim is solais. Ní gá a rá gur dheifrigh gach éinne ar an bpointe chun a arasán a chlúdach leis an ábhar úd nó, ar a laghad, roinnt seomraí, go mbeadh dídean aige ón súil uilíoch úd nach ndéanadh riamh a scíth. Do na daoine uaisle nár fhéad an t-ábhar rí-chostasach sin a fháil tionscnaíodh cineál cosanta mar fhorbhríste, naprúin, aibidí uaireanta nó scáthláin bheaga a thugadh cosaint i gcuid mhaith den raon radhairc, ar a laghad ar bith de chúrsaí áirithe.

An-éifeachtach a bhí an leigheas go ceann breis is bliain. Is féidir a rá gur éirigh leis an bpobal ar feadh an ama seo maireachtáil go normálta, iad ag análú is ag teacht chucu féin i ndiaidh a n-éadóchais.

Ach go hobann tháinig an rud dosheachanta: Innealtóir glic Eilvéiseach a bhí an-dubh dóite agus ar theastaigh uaidh leanúint leis an seó, rinne sé maolaitheoir do na glacadóirí, rud a lig dóibh greim a fháil ar fhuaim agus ar íomhá, le hiomlán na soiléireachta, tríd an aispeist chlúiteach úd de shuaimhnitheoir. Arís bhí na tithe uilig, go dtí na cúinní uirísleacha féin, i raon radhairc agus cluaise poiblí.

Le heagla ba ea a ghlac gach éinne leis an scéal, ach arís eile ba í an fhiosracht a bhuaigh, an smaoineamh uafásach, tá, agus é a bheith ar fáil do chách, cén fáth nach mbeadh sé acu siúd? Céard a bhíodh á sheachaint le seo? Go háirithe i measc na mban, bhí an smaoineamh sin i gceannas. Agus toisc an scagaire úd a bheith insroichte go maith, tar éis tamaillín d'athraigh cúrsaí go dtí an staid mar a bhíodh an bhliain roimhe.

Díreach i ndiaidh an chéad chleachtaidh sa tarna tréimhse seo tharla gach rud i bhfad níos tapúla. Go forleitheadúil is mar leannán smaoinimh a tháinig an galar dubhach agus an histéire i bhfeidhm. Gach aon nóiméad ceapadh go n-oibreodh na húdaráis idirnáisiúnta, Rialtas mór Comhnascaithe na hEorpa, é i dteagmháil le Rialtais Chomhnascaithe de chuid chúig ranna an domhain, síleadh go ngabhfaidís i mbun oibre go deimhnitheach dá réir le stop a chur leis an ionsaí dochrach seo ar an duine daonna.

Ina dhiaidh sin agus uile, tharla cor níos géire fós sa scéal: cumadh gléas le go bhféadfadh na glacadóirí íomhanna a thógáil sa dorchadas ach gan iad uilig a bheith soiléir, is í sin an fhírinne. Ba shin barr ar an donas. Lá i ndiaidh lae tuairscíodh na mílte taomanna mire, féinmharaithe, dúnbhásaithe … Agus luathaíodh ar an bpróiseas a bhí cheana féin loite a dhóthain, mar is dual, tionóisc de bheagchosúlacht.

Sofie, banaisteoir spéiriúil, de shliocht Sualannach, creidim, d'fhulaing sí ar feadh roinnt laethe meath-thinneas stéigeach toirtéiseach. Sraicithe ag an aothú, dhearmaid sí na seifteanna ba lú a réiteach chun nach bhfeicfí í sa mhéad sin cruóga rí-phianmhara; agus an tuairisc chomh míghalánta sin faoina breoiteacht tháinig cúrsaí faoi bhráid an phobail. I bhfad níos mó daoine ná a cuid dochtúirí, a bhí líonmhar agus maith, a bhí ina láthair.

Bhíodh lucht féachana de chuid na teilifíse cleachtach de bheith i láthair ag ócáidí den chineál seo agus ní dhéanfaí mórán de agus gnáthdhuine i gceist, agus bhí an iomarca lucht leanúna ag Sofie agus an oiread sin béadánaithe. Bhí sí álainn, ró-fhoirfe, rí-mhórtasach faoina cuid cáilíochtaí somharaithe. Bhí a dóthain naimhde agus formadach aici sa chaoi gur scaipeadar thart gan mhoill an scéal trí ghreann agus trí shonc faoina breoiteacht. Thógadar grianghrafanna di, fiú, is í ag deifriú anonn is anall agus d'fhoilsíodar caidéisí i nuachtáin agus in irisí cineama. Ba bheag den ngreann a bhí ann agus d'imeodh sé ó dhearmad ach néaróga normálta a bheith ag baint le Sofie. Ach mí-úsáid na dí, strus oibre, an seó maingléiseach gan staonadh agus roinnt mírialachtaí eile dá saol, lagaíodar a lúth, go dtí an pointe go ndeachaigh sí thar fóir ar chloisteáil di faoin bpoiblíocht ar a daigh bhoilg, agus samhlaíodh di a bheith gafa in uair na cinniúna, ag a raibh toradh uilíoch agus stairiúil.

Ar feadh roinnt laethe — chonaic an domhan é — bhí sí sínte ar a leaba ag caoineadh, gan aon bhia a chaitheamh. Ach níor ghol histéireach a bheag nó a mhór a bhí ann, ach é laghdaithe go cineál éagaoine, aonair agus d'aon-nóta, nár stop go dtí go raibh sí piachánta ar fad. Lá i ndiaidh lae ba radharc tochtmhar é an créatúr úd, í ina ceirtlín ar a leaba, na súile dúnta, í ar tinneall, agus le linn dó seo a lámh á creimeadh aici, í ag ligean uaithi an fhuaim mhín bhuanchráite udaí. Ba chineál bonnáin d'eagla a taom goil ar éist an domhan mór leis agus ba shin a chuir i ngluaiseacht an feachtas riachtanach le deireadh a chur leis na cúrsaí seo a bhíodh ag iompar an duine i dtreo churtha nua an ainmhí.

Taobh istigh de thrí lá bhí Sofie bhocht mar a bheadh cineál róbó, ar a raibh gá le dianchóireáil chun a sláinte fhiseolaíoch a thabhairt ar ais di, ní áirím a misneach, mar go raibh seachrán intinne cruthanta uirthi agus uaidh sin ní bhfuair sí biseach. Dhiúltaigh sí glan teacht amach ón seomra leapa a bhí go hiomlán i ndorchadas nó fáiltiú roimh a cairde agus a muintir. Dulta in aois go hobann, d'fhan sí sa leaba go dtí gur dearmadadh í agus gur chuir daoine spéis sna seifteanna nua a chuir an Rialtas Idirnáisiúnta i bhfeidhm.

Ba é cás Sofie a sheol forógra mór na ré nua, ceann a bhíodh ag teacht salach ar choinsias fhormhór na ndaoine, ach a raibh de riachtanas leis chun cinntiú, ar a laghad go ceann tréimhse eile, maireachtáil an chine dhaonna taobh istigh de bharbaracht na teicneolaíochta. Bhí contúirt déanta a bhí éagsamhalta i stair an duine den teicneolaíocht agus í i lámha na bhFilistíneach agus na coitiantachta. Bhunaigh an forógra clúiteach ionann agus deachtóireacht phlátáilte, tíorántacht gan aon agó, agus mar chuspóir aici 'saoirse an chathróra' a chur ar fáil. Ach amháin an réamhrá, a bhunaigh reachtú iomlán maidir le TFM (teilifís mhídhiscréideach, mar a tugadh urithi ar bhealach sofhriotalach), d'fhágtaí saor i ngach tír an Rialtas chun oibre i go leor slite, agus bunaíodh binsí fiosraithe a mbeadh sé de chead acu breithiúnais achoimre a thabhairt agus, taobh istigh de 24 uair an chloig pionós báis a chur i bhfeidhm ar gach éinne gur cruthaíodh ina choinne gur úsáid sé an TFM.

Tugadh spás gaoismhear chun go mbeadh deis ag gach duine a chuid trealaimh a chur de, agus go díreach ansin cuireadh cigireacht ar leith i mbun oibre ó theach go teach, cuardach nár stopadh riamh.

Agus tháinig i bhfeidhm an dlí cáiliúil de 'pionós báis' ar TFM a ghearradh ar an té a dtiocfaí air agus an trealamh ina sheilbh aige, sin nó teacht air agus é le linn na coire. Chomh géar, chomh drámata agus chomh santaithe sin a bhí an t-ordú gur ghéill formhór na ndaoine dó go tapaidh, mar choinnigh na péas a gceart úsáide na TFM le cásanna amhrasa a fhiosrú. Ar ndóigh, dheimhnigh an forógra go mbeadh an-teoranta cead na bpéas d'úsáid na TFM, cead a gcaithfí é a fháil ó choiste giúiré, ceann beag is buan, é bunaithe go díreach leis an ngnó sin a dhéanamh.

Ar aon chaoi, ar feadh roinnt míonna, go dtí gur cuireadh an eagla in ionad an choinsiasa, bhí gá i ngach tír le roinnt daoine a chrochadh, go háirithe mná a raibh a bhfiosracht mar a bheadh galar, í níos láidre ná fórsa srianach ar bith agus iad ag gliúcaíocht isteach i dteaghlaigh eile.

Is ait an rud é go raibh beagnach gach bean a fritheadh os comhair scáileán na TFM ina neach histéireach, í faoi bhréagriocht dhubh ó mhullach go sáil, masc tiubh ar a gnúis chun nach n-aithneofaí go héasca í.

Ar feadh na mblianta, go dtí teacht na tubaiste móire, ba bheag mí nár crochadh i ngach tír duine díobh siúd i mbréagriocht, rud a rinne den bhfiosracht uilíoch nádúr mar a bheadh as broinn.

Scaradh

Braithlíní ar an sreang tuartha: Ba shin an chéad smaoineamh a rith le hÁine agus í ag breathnú ar an mbeirt, Mairéad agus Ciarán, iad ag siúl le chéile, iad ar aon choiscéim, nach mór, agus a mbeirt ghasúr á dtaispeáint go bródúil acu do shúil an tsaoil.

Agus ise ag ceapadh go raibh briste ar an nasc céanna, go raibh olc nimhneach ar Mhairéad nuair nár tháinig Ciarán go dtí an baisteadh deiridh, agus gan tásc ná tuairisc air ó thrí mhí tar éis teacht ar an saol don tarna gin. Tabhair tréigean ar a leithéid nó ní lá fós é. Cumhacht mhíorúilteach an ghrá, a dhuine!

Ar nós cuma liom, ba ea a bheannaigh Áine dóibh agus í ag deifriú tharstu. Gach seans go gcloisfeadh sí iomrá éigin faoi chúrsaí sa tsiopalann, mar ba shin an áit a raibh Mairéad ag déanamh uirthi, nós gan briseadh aici fós gach tráthnóna Aoine ó rugadh an chéad cheann, agus í scaoilte saor ón otharlann, mar Dé hAoine ba dhual don airgead a bheith ar fáil ón stát, mar airgead na máthar tréigthe.

Bheadh deis cainte acu cinnte mar ar éigean a rachadh Ciarán isteach chun cabhrú léi. Baol air. Obair na mban, a leithéid! Nár mhinic a chuala sí an mana céanna ó Chiarán agus ón ghlúin fear? Iad siúd agus a gcuid cainte ar shaoirse, agus saorú na mban san áireamh. Saorú nuair a d'oir, cinnte… Scaradh na ribe agus a leithéidí agus 'ní-fhaca-mé-riamh-thú' ina dhiaidh. Saorú na mban is mo thóin Ghaelach. Ach an bhféadfaí a bheith ag súil lena mhalairt ó fhir?

B'éigean do Mhairéad, ba chosúil, roinnt cúrsaí beaga a chur

61

i gcrích sul má bhí deis aici aghaidh a thabhairt ar an tsiopalann, agus í ina haonar leis na gasúir. Ciarán sa bheár thuas staighre, ab ea? I rannóg na feola a casadh Áine agus Mairéad ar a chéile. Ón gcéad nóiméad, ba léir d'Áine nach raibh Mairéad róshásta leis an saol. Cúrsaí billí? Raic eile fós idir í agus Ciarán? B'fhearr gan tada a rá, gan aon cheist a chur, ach ligean do shreang an scéil é féin a scaoileadh go nádúrtha. Foighne, a mhac, a réiteos dinnéar.

'Dia dhuit, a Mhairéad.'

'Móra dhuit, a Áine.'

'Cén chaoi a bhfuil na gasúir, bail ó Dhia orthu?'

'Mar is dual dóibh: Dána.'

'Táid gléasta go hálainn agat, a bhean.'

'Mol mo mháthair, mar sin, agus an rialtas. Aon scéal a'at?'

Agus bhí scéal agus scéalta le ríomh ag an dá thaobh. Scéalta muintire: Fiachra, an deartháir deireanach den chúigear glanta leis. Beag an seans go bhfillfeadh duine ar bith díobh. Ach ar saoire, b'fhéidir, dá ligfeadh an t-olc sin dóibh.

'Agus tú uaigneach ina dhiaidh, ar ndóigh.'

'Go deimhin, tá. Is mo mháithrín bhocht cloíte. Ach 'tuige go bhfanfadh sé? Níl tada anseo dó.'

An-staidéar a rinne an fear bocht. Gach duine eile ag caitheamh siar agus é féin sa bhaile, a chloigeann síos agus an leabhar ar oscailt roimhe. *Fairplay* dhó.

'Fíor dhuit, ar m'anam. Nach mór an phraiseach atá déanta! Agus bhí an t-am ann nuair nach mbeadh fear ceirde riamh gan obair, Dia linn. Ach d'imigh sin agus tháinig seo, mhais.'

'Fuair sé na cáipéisí agus amach leis. An-fháilte a chuirtear roimh a leithéidí thall.'

Phléadar cúrsaí agus cúrsaí eile fós ach ní dúirt Mairéad smid faoi Chiarán go fóill. Ídithe ag an bhfiosracht a bhí Áine agus, faoi dheireadh, nuair nár fhéad sí a clab a choinneáil dúnta a thuilledh, labhair sí ar nós cuma liom, dar léi, aoibh gháire uirthi.

'Is breá liom go bhfuil sibh le chéile arís, a stór.'

A luaithe agus a bhí an méid sin ráite bhí sé soiléir ó bhéal Mhairéad go raibh an botún déanta mar ina líne dhíreach thanaí a bhí an chab aici. Néal os comhair na gréine, gan amhras ar bith. 'Muid le chéile! Cé an muid le chéile?'

Deamhan éalú, anois, ach an cac a leathnú. 'Tú fhéin agus Ciarán, d'eile?'

'An bastard sin! 'Dtigh diabhail leis!'

'Ach b'amhlaidh a shíl mise, agus an bheirt díbh ag siúl le chéile le bhur gclann.'

'An uair dheiridh, mise i mbannaí ort!'

Ag éirí glórach a bhí an chaint sin uaithi agus stop siopadóirí ban de bheith ag síorscrúdú agus d'éisteadar. Níos dána ná sin a bhí cuid eile den chomhluadar ban, mar níos gaire fós dóibh a chuadar, ar eagla go gcaillfidís siolla. Bán le holc a bhí aghaidh Mhairéid.

Rug Áine ar mhuinchille a cara agus shiúladar ar aghaidh. Nuair a bhíodar i rannóg bhia na bpeataí, agus lucht éisteachta ar iarraidh, de réir cosúlachta, ba ea a labhair Mairéad arís.

'Ag sioscadh faoi loighic a bhí sé, an bligeard. An gcreidfeá sin, faoi loighic! Go gcaithfeadh muid a bheith ciallmhar agus loighciúil. Go mbeadh an ceathrar dínn, mura miste leat, níos fearr as ach in aontíos. Agus gan smid a rá faoin gcaoi a dtréig sé muid. Gan brón ná brón air. Focal ar bith faoin náire a d'fhulaing mise. Murach mo mháthair ...'

Siolla eile uaithi, siolla na ndeor, dar le hÁine, agus rug sí greim arís uirthi, ar a láimh, an babhta seo. Ar aghaidh leo arís, go tostach. Lámh ar láimh, mar a bhíodar a mhinicí sin agus iad ar scoil cupla bliain ó shin.

Ar ball, scaoil Mairéad an scéal ar fad amach. De thimpist, gach seans, gur casadh ar a chéile iad an uair seo. Ise ag teacht ina choinne thart ar an gcoirnéal agus eisean gafa. Nó bhí sin le léamh ar a aghaidh. Agus ansin an beannú, gan scáth ar bith air, agus an plámás ina bhéalscutar uaidh agus a cló á mholadh aige, go raibh sí níos áille ná riamh.

'Agus go raibh sé an-fhuar sa leaba.'

'A dhiabhail!'

'Agus ansin an tairiscint mhór agus éist leis seo, go mbeadh sé loighciúil agus ciallmhar go mbogfadh sé isteach linn anois, ó tá an teach faighte againn. Bí ag caint faoi shotal.'

'Cá bhfuair siad é...'

'Táim tinn tuirseach de bheith ag éisteacht le fir agus iad ag labhairt faoi loighic agus an domhan scriosta acu. Ní mhothaíonn siad tada ach an chorruair a bhíonn tochas ag cur as dóibh. Ní thuigeann siad faic na fríde faoin saol agus go deimhin ní thuigeann siad mná.'

'Fíor dhuit, ar mh'anam.'

'Táim réidh leo uilig. Réidh ar fad leo, an dtuigeann tú? Tá jab agam faoi dheireadh thiar, jab a bheas slán sábháilte agus go dtí go mbeidh an bheirt seo réidh leis an scoil, a bhean, muid go léir gléasta, cothaithe agus beathaithe ag an rialtas. Sin jab ar thig le gach bean óg é a fháil agus a choinneáil, mar deamhan jab eile a gheobhaidh sí sa tír dhámanta seo. Nach agam an ceart, a Áine?'

'Tuigim duit. Agus dúrais le Ciarán glanadh leis, ab ea, agus gan cur as duit a thuilleadh? Ach na gasúir?'

'Smid ní dúirt sé faoi na gasúir. Ar éigean a bhreathnaigh sé orthu. Cheapfainn go mb'fhéidir go mbeadh a mháthair ag éirí tuirseach dá gheáitsí faoi dheireadh, cá bhfios? Í ag iarraidh ruaig a chur air, meas tú? Nó nach raibh sa chaint, agus sa tairiscint mhór, ach an chéad rud a chuaigh isteach ina cheann agus é ag bualadh liom chomh hobann sin.'

Bhreathnaigh sí go géar ar aghaidh Áine agus lig uspóg aisti.

'Níl tú buartha faoi, a Áine, an bhfuilir? Má bhíonn, bíodh sé agat agus fáilte. Ach bheadh trua agam duit. Ar mh'anam, bheadh trua agam duit dá mba faoina chúram seisean a rachfá!'

B'shin rud a bhain preab as d'Áine. Fadó, fadó, ceart go leor, b'amhlaidh a bhí aghaidh Chiaráin ina rún aici go doimhin ina croí istigh... a chuid gruaige chomh dubh le hairne... a bheola chomh dearg le fuil... na súile ramhra áille úd: Ciarán agus 15 bliana sáraithe aige.

'Níl spéis, ná spéis, agam ann. 'Tuige go mbeadh agus an éagóir a rinne sé oraibhse?'

'Ná bíodh aon bhuaireamh ort, beidh Ciarán ceart go leor. Nach líonmhar iad na bodóinseacha? Rachaidh sé ó cheann go ceann, mar a bheadh beach. Ólfaidh sé a gcuid airgid agus fágfaidh sé muirín, agus muirín eile fós, ina dhiaidh, agus gheobhaidh sé bás i gclampar éigin, nuair nach mbeidh sé sách scioptha lena scian. Táim réidh leis, buíochas le Dia. Tá muid uilig réidh leis, an cladhaire.'

Le croitheadh guaillí, chuir Mairéad in iúl go raibh deireadh le Ciarán, deireadh leis an gcaidreamh, deireadh lena scéal. Agus tostach ar bith ní raibh sí tar éis an racht a chur di, ach an oiread, mar láithreach bonn a thosaigh sí ag plé praghsanna, robáil na siopaí, fadhbanna gasúr, is tí, is an domhain mhóir. Ag béal na siopalainne a scaradar, 'go dtí an tseachtain seo chugainn, más beo dúinn,' dar le Mairéad.

Ar a bealach abhaile, rinne Áine an-mhachnamh. Dhá insint a bhíonn ar gach scéal, ab ea? Ach ní raibh cloiste aici ach an t-aon insint amháin, agus bhí snáith éigin ar lár ann. Cén fáth nár éirigh le Mairéad greim a choinneáil ar Chiarán? Nach mbeadh ar a cumas é a cheansú agus fear a dhéanamh de? Cén laige ban a tháinig idir Ciarán, an fear bocht, agus Mairéad?

Bleán na bó báine

Cúig nóiméad roimh am dúnta, bhí Peadar le feiceáil ag doras theach an óil. Cén fáth, in ainm Dé, go mbeadh duine ag teach an óil ag cúig nóiméad roimh am dúnta? É ag obair go dian agus tart air? An t-am ag imeacht mar is dual dó, i ngan fhios dó, go dtí an nóiméad deiridh? Coinne aige le duine éigin agus gan fonn air é a fheiceáil ach an t-ól a sheachaint? Iasacht éigin uaidh, uirlis éigin a chabhródh leis cois cladaigh nó sa ghort? Curach uaidh, b'fhéidir? Fear seiftiúil ba ea Peadar, rud a thuig gach éinne sa leathpharóiste. Fear óil ní raibh ann riamh … ach a mhalairt ar fad.

Rug Marcas ar an bpionta agus rinne guairneán dá raibh ann. Deiseal na gréine, ar ndóigh. Ach lean sé ag breathnú ar Pheadairín mar bhí faobhar ar a fhiosracht.

Faoi dheis a d'fhéach Peadar, é ag grinneadh gach éinne a bhí istigh, cheapfá. Ar Mharcas faoi dheireadh a stop an cuardach míshuaimhneach. Tuathal, dar m'anama, arsa Marcas leis féin. Mise atá uaidh, mhais. Mise an targaid. Fabhar éigin. Iasacht píce, ab ea?

'Dia dhuit, a Mharcais.'

'Dia is Muire dhuit. Aon scéal a'at?'

'Tusa fear na scéalta, nach tú, bail ó Dhia ort?'

'Mise?'

'D'eile? Nach a'atsa atá an bhó bhán agus í á bleán go healaíonta agat, bail ó Dhia ort?'

Peadairín ag ól? Peadairín le craobhacha … buidéal poitín

faoina chrios aige ... ach níorbh shin an clú a bhí ar Pheadar bocht ariamh. Sárú, ab ea?

'Is maith is eol duit, a Pheadair chóir, nach raibh bó ar bith a'ainne — dearg, bán ná riabhach — ó aimsir na díle, ach muide beo bocht cois cladaigh.'

'Agus sibh ag maireachtáil ar imeall na beatha! Nach a'amsa tá 'fhios? Nach mar sin atá muid uilig ó ruaig Cromail siar muid? Ach anois, a Mharcais, a'atsa atá an bhó bhán, bail ó Dhia ort. Agus ní in éad leat atáim, a stór. Go n-éirí go seoigh leat. Comharsa mhaith a bhí ionat i gcónaí agus do mhuintir romhat, agus gan a mhalairt de chlú oraibh riamh, daoine lácha ...'

A leithéid de phlámás agus a chúis ina rún i gcónaí aige. Ach bímis foighneach go fóill.

'A Pheadair, a stór, bíodh ciall agat. Nó cé a dúirt leat go raibh bó ceannaithe a'am? Ba chóir go mbeadh a fhios a'atsa, thar dhuine ar bith eile, nach bhfuil oiread is leathphraghas na bó agam, nach raibh riamh, nach mbeidh a choíche, mura bhfuil ag Dia.'

'Nach a'amsa tá 'fhios! Ní is fíor agus is rí-fhíor agus ró-fhíor nach raibh bó ag do mhuintir riamh, ach sibhse cosúil linne, muid uilig ag maireachtáil ó láimh go béal, agus gan idir muid féin agus an gorta, Dia linn, ach an deol.'

'Cén fáth, mar sin, an oiread sin seafóide uait faoin mbó bhán? An ag ól poitín a bhís? Céard tá ort?'

'Poitín? 'Sé a locht a laghad, a stór!'

'Ach an bhó bhán úd?'

'Do leathchois a bheith briste, d'eile!'

Anois a thuigim thú, a Pheadairín, agus bó bhán déanta a'atsa den leathchois bhriste.

'An tionóisc, ab ea?'

'D'eile? Go lá do bháis — agus go mba fhada uainne é, bail ó Dhia ort — beidh an bhó bhán á bleán agat. Agus go maire tú an nuaíocht!'

An rún scaoilte faoi dheireadh. Iasacht airgid uaidh?

'An ólfá deoch, a Pheadair?'

'Mise a cheannós, a Mharcais. An ólfá ceann eile?'

'Mhaise, ná bac leis. Tá mo sháith a'am!'
'Ólfaidh tú deoch. Bíodh ceann eile a'at. Caith siar é sin. Ní
minic a chastar ar a chéile muid.'
'Ná habair go bhfuil tusa ag tosú?'
'Cén tosú?'
'Ag ól ...'
'Mhaise, ba bheag a bhí le spáráil a'ainne riamh ar a leithéid
... do dháltasa, a Mharcais. Caith siar é sin, a deirim. Caith siar
é. Déan dithneas ... pionta nó taoscán?'
'Pionta, mar sin, go raibh maith a'at.'
'Fáilte romhat. Is breá liom thú a fheiceáil i do shláinte arís,
bail ó Dhia ort.'
'Tuige go mbeadh Peadairín ag brú dí air? Peadairín bocht
nach raibh de chlú ariamh air gur cheannaigh sé deoch d'éinne
le dhá scór bliain, ón lá a cailleadh a athair. Ach fear seiftiúil a
bhí i bPeadar, fear a mbeadh pingin mhaith curtha ar leataobh
aige in aghaidh lá na coise tinne. Ach seo chugainn Peadairín is
an dá phionta ina dhá láimh aige.
Rinne Marcas iarracht faoi chabhrú leis, rud a scanraigh Peadar.
'Ná corraigh. Ar ghrá Dé, ná corraigh. Caithfidh go bhfuil sí
tinn go maith fós. Seo leat. Goirim do shláinte!'
'Go méadaí Dia do stór is do shláinte.'
'Is do chuidse.'
D'óladar blogam, agus blogam eile, gan smid astu. Cibé rud a
bhí ar intinn Pheadairín, ba bheag an deabhadh a bhí air á insint.
D'fhág roinnt daoine an áit. Chuir fear a' tí gothaí air féin go
raibh sé réidh le piontaí a líonadh agus é i mbun níocháin
cheana féin. Agus, faoi dheireadh thiar, labhair Peadar.
'Caithfidh go bhfuil an t-airgead faighte a'at cheana féin, a
Mharcais, is go maire tú an nuaíocht.'
Iasacht airgid uaidh?
'Airgead na tionóisce, ab ea?'
'D'eile?'
'Gan oiread is pingin uathu go fóill, ar mh'anam.'
'An mar sin atá? Ach is gearr go mbeidh, bail ó Dhia ort.'

'Níl fhios a'am. B'amhlaidh a dúirt an t-aturnae —'

'Ag an dream sin a bhíos an smid deiridh, gan amhras.'

'Deir sé go mb'fhéidir go mbeadh beagán a'am roimh an Nollaig, chun na costaisí a ghlanadh, ar ndóigh.'

'Bíonn an tsúil ar a gcuid ag an dream sin i gcónaí. Sceartáin an dlí. Bíodh an fheamainn acu, mar scraistí. Sclaibéirí …'

'Dream suarach, ceart go leor.'

'Ach deir an páipéar go bhfuairis 10,000 ón mbreitheamh, an lá faoi dheireadh.'

'Comhlacht árachais a chaithfeas a íoc, a Pheadair, is nuair a bheas na costaisí uilig íoctha is beag a bheas fágtha agam féin, tá faitíos orm.'

'Ach don bhó bhán.'

'Don bhó bhán, don deirg ná don riabhach. Cá bhfios? Tuigeann tú anois, 'Pheadairín, gur fánach duit a bheith ag iarraidh an bhó a bhleán duit féin, a dhuine.'

'Agus go n-éirí leat, a Mharcais. Ach caith siar é sin nó ní bhfaighidh muid ceann eile agus am soip chugainn.'

'Mise a cheannós an ceann seo, a Pheadair, má bhíonn sé sásta é a líonadh, ach tá faitíos orm …'

'Agus tú ar leathchois go fóill, ab ea? Bíodh ciall a'at agus fág fúmsa é.'

Peadar ina shainrith go dtí an cuntar agus gan ach nóiméad nó dhó fágtha aige mar bhí fear a' tí chun an beár a dhúnadh. Fuair sé a raibh uaidh agus ansin rinne fear a' tí clabhsúr le clagarnach.

'Sláinte mhaith.'

'Rud nár mhiste …'

'Beidh tusa ag pocléim thart ar nós gasúir i gceann míosa, le cúnamh Dé.'

'Ar éigean é. Deir an dochtúir …'

'Nach iomaí rud a deir an aicme sin?'

'Ach táim beo, moladh go deo le Dia. Sin an rud is tábhachtaí.'

'Ach an bhó bhán faighte a'at, bail ó Dhia ort. Bhí tú glic, a Mharcais. Níor chaill tú riamh é.'

'Glic? Níorbh fhearr dom é.'

'Chomh glic le sionnach, bail ó Dhia ort.'

'Níor dhúirt an t-aturnae ach an fhírinne ghlan. An fhírinne ghlan, a deirim. Gur bhuail an carr mé agus gur briseadh an lorga. Céard tá ort, a Pheadair?'

'An mar sin a bhí? An mar sin a bhí, dáiríre?'

D'ísligh Marcas an pionta agus leag ar an mbord é, é ag stánadh ar Pheadar. Céard é a bhí ar intinn an duine? Gliceas ... ach cén sort glicis? Caimiléireacht? Cén chaoi a bhféadfadh caimiléireacht dá laghad a bheith ann? Nár stop an carr is nár thóg sé gan mhoill é go dtí an dochtúir, an fear bocht, agus nár dheifrigh sé ansin chuig na Gardaí, le dul faoi theist na meisce?

Sínte siar go compordach anois a bhí Peadar, miongháire ar a aghaidh ghuaireach. Ach ní fhéadfadh aon chaimiléireacht a bheith ann, a dhiabhail. Agus cén sort caimiléireachta a d'fhéadfadh a bheith ann, ar aon chaoi? Ar mhír ar bith den dráma níor thit an cuirtín, a phleib. Oscailte don saol mór a bhí 'chuile rud ó thús deireadh is na Gardaí ag faire isteach iontu i gcónaí. Sin an fáth nár mhair cúrsaí dlí sa chúirt thar chúpla lá. Gach gné de chomh soiléir is a d'fhéadfadh sí a bheith.

Dáiríre, ní raibh le fiosrú faoi chúrsaí ach tuairimí na ndochtúirí maidir leis an mbriseadh, maidir leis an mbiseach, má bhí sin i ndán dó. Rud nach raibh, faraoir ... Agus ar aon tuairim a bhí na dochtúirí, mhais, go mbeadh sé bacach, a bheag nó a mhór, go deireadh a shaoil, rú.

Cén praghas a chuirfeá ar shláinte? Ar dhrochshláinte? Ar bhacaigh? Ar chéim bhacaigh? Nach bhfuil a phraghas féin ar gach uile rud, ó bhreith go bás?

Dar leis an mbreitheamh, agus gach rud a chur san áireamh, 'an fhianaise ar fad a chloisteáil', bheadh sé as obair i gcónaí ... beag an seans go bhfaigheadh sé obair seasta riamh. Ar ndóigh, bhí sé in aois a 54. Ach ceart dom, ceart duit: Dhéanfadh £10,000 cúis, mar chúiteamh. D'fhéadfaí sin a infheistiú agus bheadh a dheis mhaireachtála aige ón ngaimbín go dtí a lá deiridh ... é níos fearr as ná mar a mhair sé choíche roimhe sin, de réir na fianaise. £10,000. Slaimín deas, ach é a láimhseáil go cúramach. Gan ach £10,000, agus an dlíodóir tar éis a rá leis go bhfaigheadh sé sin, ceart go leor, agus tuilleadh lena chois. Dá mba i mbaile mór a bheifeá i do chónaí, a Mharcais, bheadh seans éigin agat.

Le holc, ar dtús, agus, ina dhiaidh sin, le trua, a bhreathnaigh Marcas ar Pheadar anois. Cén cluiche a bhí á imirt ag an diabhal bocht? Nó cén rud a bhí air? Spíd? Olc? Nó an tsíorbhochtaineacht, agus an t-uaigneas, á bhriseadh faoi dheireadh?

Ach Peadar … spíd ná spíd, ní raibh le léamh air … ná olc … ná briseadh croí, agus aoibh gháire go bogásach ar a cheannaghaidh.

In aon bhlogam amháin a d'ól Marcas leath den phionta, é ag machnamh ar a raibh le rá ag an mbreitheamh sa chúirt sin … go bhféadfadh sé bó a cheannach: Ag Peadairín a bhí an ceart sa mhéid sin. Go raibh sé óg fós … gan é a bheith pósta, ach go bhféadfadh sé bean mhaith a fháil le haire a thabhairt dó … an amhlaidh a bhí an breitheamh sna báiní? Agus go bhféadfadh sé buntáiste a dhéanamh den tionóisc. Gur ar a leas féin, dáiríre, a bhí an tionóisc! Arbh shin é an rud a bhí ar intinn ag Peadairín? É in éad leis, ab ea?

'Léis gach rud faoin gcás dá raibh ar an bpáipéar, gan amhras, a Pheadair?'

'Léas, gan amhras.'

Peadairín ag gáire go hoscailte, anois. É ag smaoineamh faoin rud a dúirt an breitheamh, ar ndóigh. An bhó bhán úd … bean a phósadh … go raibh sé sách óg fós, é ina fhear breá ciallmhar. Glic, a déarfadh Peadairín. Ach nach raibh na mná uilig bailithe leo go Springfield, Mass.? Baintreach óg, b'fhéidir, cúram uirthi, giodán beag talún le saothrú aici, ach cén mhaith a bheadh i Marcas anois agus é bacach? Ach ní bheadh a fhios a'at. Bheadh fáilte roimh an mbeagán. Ba chóir go bhfaigheadh sé pinsean éigin ón stát, le cois airgead na cúirte. Baintreach óg. Bhí a leithéidí ann, de réir na cainte, sna paróistí eile. Dá mbeidís cúramach, é féin agus a bhean, bheadh dhá bhó acu ar ball ar an ngiodán deas talún úd. Agus nach raibh taithí aige ar an iascaireacht? Níor ghá cos mhaith a bheith fút agus tú ag dul ag iascaireacht ach curach maith, foireann iontaofa, aimsir bhreá, is ráth mór éisc romhat. Dar príosta! B'fhearr gan aon aird a thabhairt ar Pheadar agus a chuid rámhaille. Éad. B'shin an méid, an fear bocht, éad agus é scaoilte amach ag an dá phionta, Dia linn.

D'ardaigh Marcas an pionta arís agus chaith siar dá raibh sa ghloine. Mhothaigh sé go maith. Mhothaigh sé níos fearr anocht ná mar a mhothaigh ón oíche sin a leag an carr é … Baintreach óg ábalta … Giodán deas talún a cheannach ar dtús, ar ndóigh, agus ansin an dá bhó. Ach ag labhairt arís a bhí Peadairín.

'Tá sé in am dúinn bóthar — nó eile — a bhualadh. Cabhróidh mé leat.'

'Dúirt an dochtúir liom go gcaithfinn aclaíocht a dhéanamh … siúlóidí beaga ar dtús … iad a mhéadú de réir a chéile.'

'Ná déan an iomarca de.'

'Baol orm.'

'Tóg go bog é.'

Amach ar an mbóthar leo. Le chéile a bheidís chomh fada leis an gcrosbhóthar, ar aon chaoi. Ansin, chuirfeadh Peadar an bóthar mór air féin. An bóthar faoi chlé a thógfadh Marcas. Gan ach beagán le siúl ag ceachtar acu. Nó b'fhéidir go n-éireodh Peadairín seafóideach, é ag iarraidh Marcas a thionlacan abhaile, é teann air sin.

Maitheas a rinne an deoch. Ní raibh sé leath chomh teann anois is a bhí ar dhul isteach sa teach tábhairne dó faoin ardtráthnóna. Agus ní raibh an leathchois ag cur as dó. Ní raibh, mhais. Chodlódh sé go maith anocht.

'A thiarcais, cén fuadar atá fút!'

'Ach tá taithí agam anois ar an maide croise. Nílim ró-dhona, ar chor ar bith.'

'Thar barr, amach is amach, atáir, bail ó Dhia ort!'

Ach mar sin féin, bíonn sos éigin de dhíth ar dhuine, anois is arís. Agus thabharfadh sos éigin deis do Pheadairín a thuilleadh a rá, dá mba mhian leis é, is a racht a chur de. Nó cá bhfios nach raibh a sháith ráite cheana féin aige?

An tríú uair a stop Marcas, lena scíth a ligean, labhair Peadar arís.

'Tá rud amháin ann nach dtuigim, a Mharcais.'

'Rud amháin …'

'Sea, rud amháin. Cén chaoi a rabhais cinnte de nár ag mealladh do bháis a bhís nuair a chaith tú tú féin faoin ngluaisteán?'

B'shin é é, mar sin. B'shin é an gliceas a bhí i gceist aige ar ball … gliceas caorach, mhais.

'Ar ndóigh, rinne tú é a chleachtadh roimh ré, nár rinne, a Mharcais? Ní bheifeá sásta dul ar an seans go dtí go mbeadh gach rud trialta agat, agus tú ar do shuaimhneas, amach is amach, ab ea, a Mharcais? Molaim do mhisneach, a mhac.'

Rinne Peadar gáire croíúil.

'Caithfidh mé umhlú romhat, a Mharcais. Rinne tú go foirfe é, go foirfe, go deimhin, amach is amach. Ní fhéadfadh sé a bheith níos fearr …'

Gáire eile uaidh.

'Nó rud éasca go leor é, gach seans, ach an cloigeann a choinneáil agat, smacht a bheith agat ort féin, ruaig ar an eagla. Agus, ar ndóigh, ní raibh mórán le cailliúint agat ach do bheatha féin. Agus b'fhearr sin ná an aimléis, nach fíor dom, a Mharcais, a stór?'

Lig Peadar osna uaidh, osna chléibh. Gan ach an dá phionta ólta aige agus é ar meisce, arsa Marcas leis féin.

'Pobal caillte muid, a Mharcais. Caillte agus coillte. Pobal atá dearmadta agus caillte. Pobal na haimléise. Nach cuma leo siúd ann nó as muid? Nach bhfuil aoileach déanta dínn ag an dream céanna? Rinne tusa an rud ceart, a mhac. Rinne, mhais … Is dócha go ndearna tú go bog é, gur thit tú go mall ar do thóin is gur shín tú do chois amach agus an carr romhat, nach mór. Gan ach an leathchois amháin. B'shin an áit a raibh an ealaín. Bhí tú glic, mh'anam go raibh, mhais, go raibh, cinnte. Ach bhí scil i gceist, ar ndóigh, bhí.'

Sciurd carr thart, mar a bheadh saighead ann. Go brónach a bhreathnaigh Peadar ina dhiaidh.

'Dá ngabhfaidís pas beag níos moille, bheadh seans éigin ag duine.'

Mearchuimhne, agus sin amháin, a bhí ag Marcas ar chúrsaí ina dhiaidh sin, agus é ag labhairt leis na Gardaí, le lucht an otharchairr, ag an gcoiste cróinéara, agus, ar ball, leis an mbreitheamh féin, agus colanna seisir ag éileamh cúitimh ar an mbás. Mearchuimhne, mhais. B'shin díreach an focal a dúirt sé agus an Sáirsint á cheistiú. Cosaint mhaith. Ach b'amhlaidh a bhí sonraí ní ba iomláine ag teastáil ó na Gardaí, dar leis an Sáirsint céanna. Cruinneas cainte, a mhac.

'Bhí sibh ag labhairt le chéile ar thaobh an bhóthair nuair a tharla sé, ab ea?'

'Go díreach.'

'Bhí sibh tar éis teach an óil a fhágáil?'

'Bhí, a Sháirsint.'

'Agus níor ól sibh beirt ach dhá phionta?'

'Trí phionta a d'ól mise, a Sháirsint. B'amhlaidh a cheannaigh Peadar bocht — ar dheis lámh Dé go raibh sé — b'amhlaidh a cheannaigh sé dhá phionta dúinn.'

'Mór le chéile a bhí sibh, ab ea? Níor éirigh aon ní eadraibh? Nó b'fhéidir gur ag troid a bhí sibh? Inis an fhírinne!'

'Cén fáth go mbeadh muid ag troid, a Sháirsint?'

'Agatsa a bheadh a fhios!'

'Le comhbhrón a dhéanamh liom, mar gheall ar an tionóisc, dáiríre, a tháinig sé, an fear bocht, is cosúil, agus cheannaigh sé dhá phionta dom. Cén fáth go mbeadh muid ag troid, a Sháirsint?'

'Is dócha go mbeadh fhios ag Séamus an tSiopa dá mba ag troid a bheadh sibh, gan amhras. An raibh Siobhán istigh?'

'Ní raibh, a Sháirsint.'

'Agus gan ach an dá phionta ólta ag Peadar. An raibh sé ólta, meas tú?'

'Ar dhá phionta?'

'Mise atá ag cur na gceisteanna!'

'Ní raibh, a Sháirsint!'

'An amhlaidh a bhí sé gogaideach ar a dhá chois? Poitín ólta aige sul má bhuail sé isteach chugatsa?'

'Ag siúl go mall réidh a bhíomar, mar gheall ar mo chois bhriste, a Sháirsint. Rud ar bith contráilte níor thugas faoi ndeara, a Sháirsint, ach go raibh sé cainteach, thar a bheith cainteach.'

'Súgach a bhí sé, mar sin, ab ea?'

'B'fhéidir ...'

'Ach dúrais anois beag nach raibh sé ar meisce.'

'Bhí sé cainteach. Sin an méid. Ní raibh sé ar meisce, an fear bocht. Ní raibh, mhais.'

'An amhlaidh a bhrúigh tú amach ar an mbóthar é!'

'Cén chaoi a bhféadfainn agus mé ar leathchois?'

'Agat a fhios. An amhlaidh a bhí tú féin go gogaideach ar do dhá chois? Trí phionta ólta agatsa. An amhlaidh a thit tú air agus gurbh shin cúis na tionóisce? Inis an fhírinne, anois. D'fhéadfadh sin a tharla. D'fhéadfadh, cinnte agus gan aon locht ort. Tionóisc, a mhac. Ar ndóigh, d'fhéadfadh sin a tharla do dhuine ar bith agus dhá phionta ólta aige ach gan aon ghreim bia a bheith sa mbolg aige. Sin mar a tharla, mar sin?'

Caint í sin a chuir ionadh ar Mharcas, ar dtús, agus eagla ina dhiaidh sin.

'Ní rabhas ar meisce, a Sháirsint. Ná súgach. Bhí béile mór agam, am an tae. 'Tuige go mbeifeása ag cur rudaí i mo leith?'

'I do leith? Níl éinne ag cur rudaí i do leith, a Mharcais. Nó an amhlaidh atá do choinsias ag goilliúint ort?'

'Go deimhin, níl.'

'Níl ach na féidearachtaí á bplé againn, a Mharcais. Ach tionóisc í seo nach dtuigim. Áit éigin, tá rud éigin as alt.'

'Dá dtitfinn air, a Sháirsint, ní ag labhairt leatsa anois a bheinn, ach leis an Ardaingeal Micheál nó le naomh éigin eile sa saol eile, Dia linn!'

Gháir na Gardaí eile. Tháinig pus ar aghaidh an tSáirsint.

'Ní haon chúis gháirí an tionóisc seo, a Mharcais.'

'Go deimhin, ní hea, a Sháirsint. Ní ag magadh a bheinn agus Peadar bocht sínte …'

'Nach bhfuil tuairim dá laghad agat faoinar tharla agus tú taobh leis, mar a deir tú? D'fhéadfá a bheith corraithe. Ní thógfainn ort é. Ní thógfadh coiste cróinéara ort é. Ach cruinnigh do smaointe anois agus déan iarracht mhacánta agus inis dúinn gach rud, go díreach mar a tharla, mar a chonaic tusa é.'

Agus rinne Marcas a mhachnamh. An-mhachnamh. Céard é an mana úd? B'shin é go díreach. 'Binn béal ina thost'. Agus, lena chois sin, 'is cam an rud an dlí.'

Dá gcuirfí faoi mhionn é, amach anseo, ní fhéadfadh sé mórán a rá faoi chúrsaí. Ní fhéadfadh seisean a rá go baileach cén cinneadh a bhí déanta ag Peadar, má bhí cinneadh ar bith i gceist, crannchur a bheith déanta aige de shiúl na mbóithre, nó deireadh á chur aige le humar na haimléise, nó é a bheith as a mheabhair, nó gur shleamhnaigh cois uaidh ag an nóiméad mí-oiriúnach.

'Ní cuimhin liom, a Sháirsint, ach gur thit sé amach ar an mbóthar is an carr chugainn. Ní chuirfinn aon mhilleán ar an tiománaí. Diabhal locht ná locht, a Sháirsint. B'fhéidir gur sciorr Peadar ar an ngairbhéal. Féach a scaoilte is atá an gairbhéal, a Sháirsint! Nuair a thit sé, níor lig sé uaidh ach an t-aon osna amháin, an fear bocht. Tharla sé chomh hobann sin, a Sháirsint, gur thit sé amach go tobann, agus faoin gcarr a bhí sé, agus … b'shin an méid. Go ndéana Dia grásta …'

Chucu an t-otharcharr. Isteach sa phóca don leabhar nótaí. Ach bhí an Sáirsint míshásta fós. D'fhan sé soicind, hob ann, hob as. B'amhlaidh a bhí fíric éigin ag éalú uaidh. In easnamh a bhí nasc éigin den slabhra …

Gan amhras, bheadh a thuilleadh ceisteanna … agus ceisteanna …

'Beidh d'fhianaise ag teastáil ag an gcúirt chróinéara, a Mharcais. Beidh ceisteanna go leor le freagairt, go leor leor ceisteanna, a mhac.'

Agus bíodh.

'Ceart go leor a Sháirsint.'

Mallacht na croise

'Seo anois é,' arsa an príomhoide. 'Amach leatsa, anois, a mhic, le fáilte a chur roimhe. Is breá leis na daoine óga. Ceapann sé go bhfuil ceadúnas ar leith faighte ó Dhia aige lena n-anamacha a thionlacan ó chontúirt.' Rinne sé a leithscéal den gháire mar chasacht shnagach. 'D'fhéadfá a rá leis go bhfeicfidh mé féin ar ball é.'

B'in an misinéir, mar sin, an té a raibh an oiread sin iomrá leis le seachtain. Ní bheadh a leithéid ann arís, dar leis an seanmhúinteoir. A aghaidh fhada chaol, í chomh bán le cailc, an rud ba mhó faoi ar thug sé suntas dó, léargas ar a anam, seans. Pictiúr den *Gran Inquisitor* sa Phrado a tháinig chun cuimhne an fhir óig, súile mar a bheadh sceana aige, ach colainn an mhisinéara chomh tanaí sin go gceapfaí faoi go mbéarfadh an chéad ghaoth eile ar a heiteoga é; agus fainic an cat! Ach b'in é carraig na hEaglaise, má b'fhíor do mhóruaisle na haimsire.

'Amach leat, a Mháirtín,' arsa an príomhoide. 'Ní íosfaidh sé thú ... go fóill, ar aon chaoi.'

Amach le Máirtín. Chiúnaigh na gasúir beagán nuair a chonaiceadar é ach nuair ba léir dóibh nárbh orthu a bhí a aird leanadar ar aghaidh leo chomh fiáin agus a bhíodar riamh.

'Céad míle fáilte romhat, a athair,' arsa Máirtín, agus chuir sé é féin in aithne dó. 'Beidh an príomhoide chugat ar ball.'

Á ghrinneadh a bhí an misinéir. Ag réabadh rompu a bhí na sceana sin. Mhothaigh Máirtín istigh ina anam iad. Áit dhorcha a dhóthain, mhais.

'Tá súil agam gur éirigh go maith leat ar an aistear,' arsa Máirtín.

"Tuige nach n-éireodh?' Ach breathnaigh. D'fhéadfá cabhrú liom, an cuma leat? An amhlaidh atá maith ar bith ionat, a mhac, i bhfiach a fháil?'

'Fiach?'

'Fiach, d'eile? An mbeadh ar do chumas breith ar ghiorria?' Cén fáth a mbeadh giorria uaidh? Anraith? Bronntanas do dhuine éicínt? Peata?

'Thógfadh sé lá nó dhó ... nó a thuilleadh fós ... is dócha.'

'Beo. É a bheith beo,' arsa an misinéir. 'Meas tú an bhféadfá ceann a fháil dom don Satharn?'

'Déanfad gach iarracht,' ach cén chaoi a bhféadfaí teacht ar ghiorria, thar neach eile ar bith, agus é ... beo?

'Tá a fhios agat cén fáth a bhfuil mise anseo?'

'An misean, ar ndóigh ...'

'Toisc go bhfuil an ceantar seo díolta leis an Diabhal.'

'An Diabhal?'

Tiarna talún éicínt?

'An Diabhal. D'eile? Nó 'An Fear Mór,' mar a thugann siadsan air. Tá a chuid oibre déanta go maith aige, mallacht Dé leis.'

Ag imeacht a bhí gile na haghaidhe.

'Tá na daoine ag dul ó smacht. Nach bhfuil, anois, a mhac?'

'Ní rófhada atáimse féin anseo, ar ndóigh, a athair,' arsa Máirtín, 'ach déarfainn gur daoine macánta go maith iad, bail ó Dhia orthu.'

'An bhfuil a fhios agat céard é an gléas is mó atá ag an Diabhal sa cheantar seo, is ea, agus ar fud Chonamara uilig?'

'Mhais ...'

'Tá a fhios agamsa. Ach ní thuigeann tusa. Ró-óg atáir!'

Drúis, ab ea?

'Ní dhéanaimse féin mórán damhsa,' arsa Máirtín, go bacach, mar ba ghráin leo siúd na damhsaí, nó b'in an clú a bhí orthú, arú.

Tháinig néal feirge trasna ar a aghaidh agus d'ardaigh sé a lámh go mí-fhoighneach.

'An poitín.'

Mar a bheadh nathair ann ba ea a tháinig sin amach óna bhéal.

'Poit ... ín, lacht an Diabhail.'

An-íseal an guth. Ach ansin, ina shainbhéic, agus é ag crith sa chaoi go raibh eagla ar Mháirtín go raibh taom i ndán dó: 'Mallacht na Croise Céasta ar an bpoitín. Mallacht na Croise Céasta ar lucht a óil, ar lucht a dhéanta, ar lucht a dhíolta, ar gach aon duine a bhfuil baint dá laghad aige leis!'

Dearg a bhí an aghaidh uasal anois, í ar tí a pléasctha.

'Dar m'anam!' é scanraithe.

Ach chas an sagart ar Mháirtín agus rinne sé miongháire. Bhí an fhearg taosctha.

'Bhí a fhios agam go dtuigfeása cúrsaí,' ar seisean go geanúil. Rug sé ar a uillinn. 'Amach linn as an áit seo. Tá orainn cúrsaí a phleanáil.'

Amach as an gclós leo. Ansin, agus iad ar an taobh thall den scoil, nochtaigh an misinéir a mheon. An babhta seo ní labhródh sé ach faoin bpoitín amháin, an léirscrios a bhí á dhéanamh aige ar Phobal Dé, na drochmhianta a bhí scaoilte aige sna fir óga, mar a bheadh na scórtha diabhal, an chontúirt mhór ina raibh mná óga agus na fir ar dheargmheisce le lacht seo an Diabhail, an dúshaothrú a bhí á dhéanamh ar an bpobal bocht seo ag an dream neamhscrupallach sin, lucht déanta an phoitín.

Ní bhacfadh sé leis na peacaí móra a bhíos mar thoradh i gcónaí ar an bpoitín, ach mar a bheadh aguisín ann, arsa an sagart. Ach go tréan, agus gan fiacail a chur ann, a labhródh sé faoi ól an phoitín. Ar ball bheadh ar gach duine, ó liath go leanbh, glacadh leis an móid in éadan an phoitín. Ach níor leor sin. Bheadh ar gach duine gach braon den lacht damanta céanna a thabhairt isteach go dtí an scoil, is ea, agus gach cuid den trealamh, gach soitheach a raibh braon poitín riamh ann.

'Agus tabharfaidh tusa, a mhac, aire don iomlán dom,' ar seisean, 'agus ní ligfidh tú as t'amharc an rud seo go dtí an Satharn, mar beidh tine mhór againn an tráthnóna sin, le cúnamh Dé agus a mháthar, agus cuirfidh muid trí thine a mbeidh bailithe. Anois, an ndéanfá an méid sin dom, a ghrá, agus cúiteoidh Dia an mhaise dhuit, gan aon amhras?'

'Déanfad, cinnte,' arsa Máirtín, dúthracht lena ghuth.

'Tá sé sin socraithe againn, mar sin,' arsa an misinéir.

D'éirigh go maith le saothar an tsagairt. Isteach sa séipéal leo ina sluaite gach tráthnóna. Líon a ghlór an áit sa chaoi gur shíl na múinteoirí go raibh an foirgneamh féin ag crith le heagla, agus an misinéir ag cur síos ar an dochar millteanach a dhéanann an poitín do chillíní na hinchinne, is ea, agus don síol féin, Dia linn. Pobal bacach a bheadh ann mar thoradh ar ól an phoitín. Bacach san anam agus bacach sa cholainn. Mallacht na Croise Céasta ar an bpoitín, ar lucht a cheannaithe, lucht a bhronnta, agus go deimhin ar lucht a óil, agus bhuail sé an chrois chéasta a bhí ina láimh ar imeall na crannóige. Arís agus arís eile, le neart agus go nimhneach, bhuail sé an chrois go dtí gur briseadh ina láimh é, gur thit na píosaí síos ar na seanmhná a bhí ag crith faoi, iad ag caoineadh.

B'in an t-am, ar ndóigh, nuair a bhí an Creideamh fréamhaithe go folláin agus go daingean i bPobal Dé. Chorraigh focail an mhisinéara gach duine a raibh baint dá laghad aige leis an bpoitín uair ar bith; agus, ar ndóigh, bhí gach aon duine sa líon, agus a fhios go maith ag an sagart go raibh. Agus faoi lár na seachtainte bhí togha agus rogha an phoitín slán sábháilte i gceann de sheomraí na scoile, agus Máirtín ina mhaor ar an iomlán.

Nuair a bhí an sagart, agus gach aon duine eile, nach mór, bailithe le chéile i dtigh an phobail, bhí deis ag Máirtín idirdhealú éigin a dhéanamh: An drochphoitín nimhneach a chur ar leataobh agus an braon maith a bhlaiseadh, chun a fheabhas a chinntiú, ar ndóigh, agus a chur i bhfolach in áit shlán, le haghaidh lá na coise tinne. Bheadh sé ina pheaca marfach an mhaith a dhó leis an olc.

Ach, a Dhiabhail, an giorria. Tuairim dá laghad ní raibh aige cén áit nó cén chaoi a mbeadh fáil ar a leithéid. Bheadh sé thar a bheith deacair breith orthu dá mbeidís ar fáil, fiú. Ansin, go hobann, tháinig an freagra, é simplí go maith. Gheobhadh sé coinín! Gach seans nach dtuigfeadh an sagart an difríocht. Agus dá dtuigfeadh féin ...

Isteach leis an bpríomhoide chun cabhrú leis agus chun súil a choinneáil ar a raibh istigh, rud a thug deis do Mháirtín a scíth a ligean, mar dhea, ach dul ar thóir an choinín, os íseal. Gheit an bailiúchán an príomhoide. Dáiríre, deamhan tuairim a bhí aige go raibh an oiread sin poitín sa cheantar, nó an oiread sin daoine chomh priaclach sin ina dhéanamh. Caithfidh go raibh stil i ngach teach sa bparóiste, geall leis. Nár go cruinn a bhí príomhbhaile fhearann an phoitín in iarthar na hÉireann aimsithe ag an draoi seo!

Bhí Dia go maith don mhisinéir agus bhronn ardtráthnóna breá grianmhar don *auto da fe*. Tarraingíodh amach gach cuid den trealamh damanta a bhí istigh agus sa chlós rinneadh carn mór de na buidéil, na soithigh mhóra agus bheaga, na péisteanna, ceaigeanna, ciseáin, bairillí, corcannaí — rud ar bith a bhí 'truaillithe' ag an bpoitín, dar leis — ach ní raibh an sagart sásta fós.

'A thuilleadh! A thuilleadh! Tá roinnt mhaith i bhfolach sa mbaile agaibh. Tá a fhios agam go maith go bhfuil!'

Toradh na faoistine, arsa an príomhoide leis féin. Na cailleachaí ag sceitheadh ar na fir. Ach d'éirigh go maith leis an gcaint, mar chuir na mná iachall ar na fir filleadh ar na tithe agus an farasbarr a chur leis an méid a bhí bailithe cheana féin. Ansin cuireadh roinnt mhaith brosna anseo agus ansiúd ann, agus roinnt mhaith páipéir, é báite in ola mhór roimh ré, agus faoi dheireadh fágadh an sagart sásta.

Bhí sé fógraithe ag an sagart go gcuirfí tús leis an searmanas sa chlós ag a seacht a chlog agus b'fhéidir go mbeadh iontas éigin le feiceáil ann, le cúnamh Dé, glóire dó, agus dá Mháthair, mar chruthú go raibh an misean i gcrích go sásúil. Ar ball, thabharfaí buíochas do Dhia sa séipéal, go raibh buanruaig curtha go deo deo na ndeor ar an Diabhal agus ar a threalamh.

Ach cá raibh an giorria?

Ar ais sa seomra, san áit a raibh an poitín roimhe sin, a bhí Máirtín agus leabhar á léamh aige nuair a tháinig an sagart isteach.

'Ar éirigh leat an giorria a fháil?'

Sméid Máirtín i dtreo cúinne an tseomra, áit a raibh bosca adhmaid.

'Ceann óg,' arsa Máirtín. 'Ar ndóigh, níl sé ró-éasca ...'

'Maith an fear! Togha na bhfear! Cúiteoidh Dia an mhaise dhuit,' arsa an sagart. Go cúramach bhreathnaigh sé isteach sa bhosca.

'Go hiontach!'

D'ardaigh sé leis an bosca. Bhí loinnir sna sceana agus máistreacht lena luail.

Ar a seacht a chlog go díreach thaispeáin an sagart é féin arís don chomhluadar agus mar a bheadh brat ag titim orthu tháinig tost ar gach aon duine. D'ardaigh sé a lámh agus chiúnaigh na héanlaith, fiú.

'A Phobail Dé,' ar seisean, 'caithfidh sibh bhur bpaidreacha a chur le chéile chomh luath in Éirinn agus a thosós an loscadh, ach bígí ag breathnú an t-am ar fad, nó b'fhéidir le Dia go bhfeicfeadh sibh rud nach ndéanfadh sibh dearmad go deo air.'

Cén cleas a bhí ar intinn an draoi seo, a d'fhiafraigh an príomhoide de féin, mar ní raibh tada ráite ag Máirtín faoin ngiorria, é umhal don mhisinéir.

Las an sagart an páipéar, agus sheas siar agus bhí ina bhladhm ghlórach. Nuair a bheathaigh an tine í féin leis an bpoitín d'athraigh a haghaidh leis an mheisce agus rinneadh feic ildaite di. Ansin tháinig cumhracht an phoitín amach ar eiteoga na puthghaoithe agus bhí osna le cloisteáil ó chuid díobh siúd a bhí i láthair.

Ag breathnú go géar ar an *auto da fe* a bhí an Gran Inquisitor, agus nuair a lig an ghaoth brúcht mór deataigh ina threo léim sé siar agus labhair, crith ina ghuth, a lámh sínte amach i dtreo an choinín a bhí ag rith amach, shílfí, ón tine féin.

'An bhfeiceann sibh é? Nach bhfeiceann sibh é? Féach anois é, an Diabhal ina shainrith amach ón bpoitín, an Diabhal i riocht an ghiorria, an chosúlacht is fearr leis sa nGaeltacht, mar is eol do chách! Moladh go deo le Dia sna hardaibh. Bígí ag guí, a Phobail Dé, ag tabhairt buíochais do Dhia na Glóire go bhfuil ruaig curtha againn ar an Diabhal.'

Ar ndóigh, chonaic cuid mhaith daoine an t-ainmhí beag ag léim agus ag rith ó chontúirt na lasracha agus isteach sa bhfraoch. Míorúilt a bhí ann, dáiríre, cé go rabhadar ann a dúirt gur i riocht coinín a bhí an Diabhal agus an paróiste á thréigean aige, agus go raibh dul amú ar an misinéir sa mhéid sin, ach, a dhuine, sa mhéid sin amháin, bail ó Dhia air. Agus bhí buantoradh ar obair an tsagairt óir níl deoir den phoitín ar fáil sa cheantar sin, ó shin i leith, go dtí an lá atá inniu ann, Dia linn.

Athrú saoil

Raic eile. Ní hea ach cath eile, cath den síorchogadh a thosaigh an oíche sin sa leaba leis nuair a dúirt sise go raibh sí réidh leis na cúrsaí udaí, go raibh a cuid dualgaisí comhlíonta aici agus go maith; gur iompair sí trí ráithe, faoi dhó; gur tháinig na gasúir slán as; gur thug sí grá is cúram mar ba chóir don bheirt; agus cén locht a bhí uirthi mar mháthair, mar bhean chéile féin, ar feadh cúig bliana déag?

'Nílir ag éisteacht!'

'Táim.'

'Nílir. Scéitheann t'aghaidh ort. Na mílte míle uaim atáir.'

Ach go deimhin bhí sí ag éisteacht, idir na línte, mar a déarfá, ach ag éisteacht, mar sin féin, fiú sa gcás nár thuill sé éisteacht, go raibh sé sin uilig, go dtí an siolla deiridh, ar eolas aici cheana féin, ní hamháin uaidh féin, ach ó na céadta úrscéal, gearrscéal, dráma, is ó na colúnaithe sna nuachtáin is na banirisí: Bhí sé le himeacht, mais. Bhí deireadh leis an bpósadh, 'má bhí a leithéid riamh i gceist eatarthu'. Agus bheadh a fhear dlí ag labhairt léi, ar ball, le séala a chur ar chúrsaí, mar ba chóir, maidir le réiteach a dhéanamh faoi na gasúir ... agus eile.

An oíche úd sa leaba leis, b'amhlaidh a rinne sé líon a shníomh de na focla, de na habairtí, le gach siolla a tháinig amach as a béal, sa chaoi gur shíl sí a bheith gafa in eangach mar a bheadh éan. Agus ghéill sí, mar óinseach.

An oíche úd nuair a ghéill sí, dúirt sí go ndéanfadh sí iarracht faoi, iarracht ionraic, go deimhin, faoi ... abair ... uair sa mhí?

Ach ní hea, ní hea, in aon chor; ní dhéanfadh sin cúis dá laghad, ar seisean, ach uair sa tseachtain, agus sin ar a laghad. Uair sa tseachtain a chaithfeadh a bheith ann, mar bhonn, Dia linn! Mar a bheadh piléir iontu a bhí na focla uaidh, piléir na loighice, piléir an dlí, piléir an phósta: conradh déanta ach gan a bheith comhlíonta, dar leis, nó céard a bhí sa bpósadh mura mbeadh conradh i gceist, conradh a chaithfí a chomhlíonadh?

'Lasmuigh de chúrsaí eaglasta, agus de chúrsaí moráltachta, conradh atá sa bpósadh, conradh a aithníonn an dlí coiteann.'

'Rinne mé mo dhícheall!'

Agus nach ndearna, dáiríre? Rinne sí de réir bhéasa a muintire, sa scoil, sna scrúduithe, agus d'éirigh léi jab a fháil i lár fhásach na dífhostaíochta. Rinne sí go maith sa jab: Nár cuireadh sin in iúl is go tréan agus í ag imeacht, mar ba shin a bhí uaidh, go bhfágfadh sí an jab, le cúram cuimsitheach, mar a dúirt seisean, a thabhairt dó féin, ar ndóigh, don teach, agus don teaghlach uilig ar ball, páistí san áireamh.

Rinne sí thar cionn i lár mhargadh an phósta, dar lena muintir, dar le mná na hoifige. Nár leag sí fear a raibh jab den scoth aige, agus pinsean cinnte, ag bun scríbe? Phós. Agus cé nach raibh mórán spéise aici sa chollaíocht ón tús, nár fhoghlaim sí an cheird, a bhuí sin de na banirisí, agus de na leabhra a mhol siadsan? D'fhoghlaim sí aisteoireacht. D'fhéadfadh sí an pháirt a imirt sa chaoi a mbeadh an stiúrthóir ba chantalaí a thug riamh faoi scannán collaíoch lánsásta léi mar réaltóg.

'Tú it' luí siar, na cosa scartha, tú leis, úll i't láimh, let' bhéal, é á mhungail agat; is tú ag fiafraí díom gach ré seal arbh amhlaidh a bhíos réidh go fóill? Nó an rabhas críochnaithe fós? Nó an amhlaidh a bhíos in ann é a dhéanamh a thuilleadh? Meas tú gurbh shin do dhícheall? Meas tú gur bealach é sin le déileáil le créatúr ar bith?'

Fonn uirthi anois a phléascadh le gáire ach, dáiríre, gan aon nimh os a chionn. A thuiscint don ngreann, mais! 'Tuige nár phléasc sé féin amach ag gáire, mar a dhéanfadh duine daonna? Cár fhág tú t'acmhainn grinn, a mhac?

'Ní go róchruinn nó go róchiallmhar a roghnaíonn sibh na hócáidí, a stór.'

B'fhíor di. Togha ná rogha ní raibh ann an tráthnóna sin agus a shúil aige ar a chuid ... Í tinn tuirseach as buillí na fola míosta ... Í ina cnafairt tine fós i ndiaidh an chlisiam leis an iníon ... Eisean, Dia linn! Eisean, mar a bheadh measán ann, ag iarraidh a choda. Ábhar gáire, anois, dáiríre. Ach an tráthnóna meirbh sin, ceo eile ar fad: Déistin, samhnas.

'Sibh, a dúrais?'

Luíochán ag an bpointe ar na focla, mar ba dhual dó. An bábhún faoi éide is airm. Is gan oiread is orlach a ghéilleadh. 'Nílim iolrach. Fear atá ionam. Féiniúlacht ar leith ag baint liom. Duine atá ionam. Duine indibhidiúil leithleach.'

Cén chaoi a bhféadfadh bean ar bith, dá fheabhas í, dá fheabhas a mian chun síochána, bealach ar bith a dhéanamh isteach sa mbábhún seo, bábhún na loighice?

'Ní mar sin a bhís i gcónaí. Nuair a bhí na leanaí óg bhís mór go maith liom.'

Ná habair nach dtuigeann tú fós, bail ó Dhia ort, gur i mbun na haisteoireachta a bhíos i gcónaí, geall leis? Nár éirigh liom súnás a bhaint amach ach uair nó dhó! Gur ag comhlíonadh mo chuid dualgaisí pósta a bhíos agus chomh hionraic is a bhí ar mo chumas ... Dá mbeifeá foighneach liom an uair sin, seans éigin ann go n-éireodh leis an gcleamhnas. Ach bhí an oiread sin deifre ort i gcónaí ....

'Athrú saoil, a stór. Nár mhínigh mé na cúrsaí sin duit minic go leor? Nár thugas leabhar le léamh duit? Tá, go n-éiríonn an bhean seasc, tirim; go bhfuil an bealú in easnamh? Céasadh é á dhéanamh dá dheasca. Nach dtuigeann tú an méid sin féin, fiú?'

'Ach ar na saolta seo tá leigheas ar a leithéid. Tá leigheas ar 'chuile rud, leigheas na hormón, mar shampla. Ach ní raibh tusa sásta ...'

'Dúras leat arís is arís eile go rabhas réidh leis na cúrsaí seo, cúrsaí a chuireann déistin orm anois. Rinneas mo dhícheall agus ba chóir go mbeadh cead agam anois mo scíth a ligean agus an t-athrú saoil a chur díom go nádúrtha, mar a d'ordaigh Dia. Mar a dúras leat an oiread sin amantaí, tig leat leannán a fháil duit féin agus clamhsán dá laghad ní chloisfidh tú uaimse.'

Chas sé uaithi agus shiúil i dtreo na fuinneoige agus bhí léargas arís aici ar an leac a cheannaigh siad sa Spáinn, 10 mbliana ó shin, ab ea? Leac a dúirt rud greannmhar, dar leo an uair sin, ar staid an phósta: *El matrimonio es como la plaza de toros. Los que están dentro quieren salir, y los que están fuera quieren entrar.*

É ag an bhfuinneoig, fuinneog sheomra na lánúine, fuinneog a thug léargas ar an ngairdín thíos, áit a mbíodh na leanaí ag súgradh, agus smacht gan doicheall orthu ach cnagadh ar phána. Thart a bhí an ré sin, agus le tamall. I bhfad uaithi a chaithfidís a n-óige feasta, le cairde scoile, ar dtús, gan amhras, agus le comrádaithe an tsaoil níos dlúithe fós, ar ball. Ghabhfaidís thar lear, gach seans, i bhfad ó fhásach seo na dífhostaíochta. Bheadh sí fágtha ina haonar, ar an trá fholamh, le cuid mhaith de mháithreacha eile na tíre.

An babhta seo ní fhillfeadh sé. Bhí sí cinnte dearfa de sin. Agus, ar ndóigh, níor mhaith léi go bhfillfeadh sé, ach oiread. Dubh dóite a bhí sí … súil aici go bhfaighfeadh sé bean eile, bean a thuigfeadh a riachtanais, a nádúr, agus a dhéanfadh freastal cuí air. Ach fabhar ná fabhar, ní iarrfadh sí air. Go deimhin, ní iarrfadh sí air a mhachnamh a dhéanamh roimh imeacht dó. Bhí an ré sin thart, leis. Athrú saoil go hiomlán a bheadh ann.

Má phósann tú riamh, pós amárach, mar ní féasta go rósta agus ní céasta go pósta, mar *plaza de toros.*

Ach an amhlaidh a bhí bean faighte aige cheana féin agus a comhairle sise glactha go buíoch aige? An inseodh sé an fhírinne? Shíl sí go n-inseodh. Cén sórt mná a bheadh aige an babhta seo? An raibh ceacht ar bith foghlamtha aige maidir le plé le bean? Ach deamhan rud ní fhoghlaimíonn an neach fireann tar éis dó a chéad seacht mbliana a chur de!

'An amhlaidh atá bean eile i gceist agus tú ag imeacht?'

'Níl, go fóill, ach tá súil agam … b'fhéidir go mbeadh. B'fhéidir go mbeadh.'

Chas sé thart agus bhreathnaigh uirthi ar feadh meandair. Chas arís, d'oscail an doras, agus shiúil amach as a saol: Uair na fírinne, *la hora de la verdad.*

Ar ball, chuala sí an carr ina dhúiseacht, ina ghlór, go dtí gur shlog an trácht siar é.

An babhta seo níor mhothaigh sí an t-uaigneas. Thiocfadh an t-uaigneas ina am féin. Faoiseamh, a dhuine, ba shin an mothú a bhí in uachtar, faoiseamh as cuimse mór. Shocródh lucht dlí cúrsaí airgid is eile agus bheadh deis aici athrú an tsaoil a chur di go nádúrtha ... an aisteoireacht, gach blas den diabhal aisteoireacht, i gcrích, agus an dráma, an fronsa, in éindí.

Requiescat

D'fhéadfaí caint na bhfreastalaithe a shamhlú. D'fhéadfaí, mhais, agus gan stró. Seo chugainn teachtaire an tsamhraidh, bláth faoina smig, agus againn a bheas sé go gar na n-oícheanta giorruithe, é leath ina chodladh faoi bharróg na gréine, é ag súil le … ach cé hé an duine seo? Cé ar díobh é? Céard é a bhfuil sé ag súil leis? Nó an amhlaidh atá sé mar na fáinleoga, na féileacáin, na cuileoga agus troscán eile an tséasúir, gur cuid den *décor* é, más maith leat, más fearr leat mar sin é?

Ach, ar ndóigh, baol air go mbeadh an cineál sin cainte ag freastalaí ar bith: Ní raibh sa smaoineamh ach seafóid, a bheith ag ceapadh a leithéide. Ní mar sin a bheidís ag smaoineamh, ar chor ar bith. Agus seans maith ann, dar leo, nach raibh sa bhfear seo leis an mbláth faoina smig ach mar a bheadh dealbh éigin … nó crann … go háirithe crann. Róphriaclach a bheidís faoi am seo na bliana le bheith fiosrach caidéiseach, a dhóthain oibre ag gach fear díobh le go mbeadh fonn air seal a chaitheamh i gcillín duine eile is a bheith sásta imní is uaigneas an té sin a roinnt air féin.

Isteach sa chaifé linn, ar aon chuma. Go deimhin, b'fhearr leis féin gan a chuid uaignis is imní a roinnt ar éinne. Mar a bheadh locán ann a samhlaíodh an t-uaigneas dó. B'fhearr gan é a chorraí ar eagla an tsalachair a thiocfadh aníos. Baol do ní eile ar bith aníos ach an salachar amháin,

Isteach leis, go dtí an suíochán agus an bord ar leis iad le breis is deich mbliana anuas, áit a mbeadh léargas aige ar an domhan lasmuigh agus an domhan isteach, léas ann idir é féin agus iad siúd, agus céad chead a bheith ag a shamhlaíocht, chun a rogha drámaí a chur ar stáitse is a rogha aisteoirí a bhailiú chuige. Seo chugainn an freastalaí, fear nach raibh anseo anuraidh. Arbh amhlaidh i dtreo an tseanduine a sheol a chomrádaithe... an bhfeiceann tú an seanfhondúir úd? Maisiú an tsamhraidh é san áit seo againne, cuid de shean-nós na hinstitiúide é. Bíodh an onóir sin agatsa, a mhac, le freastal air...

Ach, ar an taobh eile den scéal, taobh na céille de, cén fáth go mbacfaidís leis, ar chor ar bith, ach faoi dhualgas na ceirde amháin? Is bí cinnte de go raibh uimhir áirithe bord ag gach fear díobh, agus máistir a bhoird féin chuige anois, is gan aon scéal ná leithscéal ag baint le cúrsaí, samhradh na hóige os comhair geimhreadh na haoise.

'Caifé le bainne, led thoil!'

Sméid an freastalaí go múinte agus d'imigh leis. Agus i gceann tamaill éigin eile bheadh an domhan beag is an domhan mór á dtaispeáint amach roimhe. Gan ach ag tosú a bhí an tráthnóna, na máithreacha óga isteach ina nduine is ina nduine is a gcúram in éindí, beart deas néata i ngach gasúr díobh, iad mar a bheadh púicíní locha, iad fionnuar in ainneoin an teasa, cuma dhamhsóirí orthu, damhsóirí ar lorg bailé. Nár mhór idir iad agus a macsamhail thart timpeall na háite seo dhá scór bliain ó shin, ní hea, ach trí scór, rú? Deamhan paiste a d'fheicfí inniu ar bhrístí ná ar chasóg, is a liachtaí sin paistí, is giobail, orthu siúd sna laethanta udaí. B'in claochlú, ar aon chaoi, nár mhiste a bheannú. Ach an slua seo leanaí, shílfí gur díreach amach as an siopa dóibh, nár pháistí daonna iad in aon chor ach puipéid páirteach i siamsa éigin na nuateicneolaíochta. Éistear lena nglór: Ar éigean é a bheith le cloisteáil. Éistear lena gcosa ar an úrlár, iad chomh bogmhúinte béasach sin le luchóga. Glúin nua, cine nua, slua aduain.

'An caifé, a dhuine uasail!'

Chuige agus uaidh mar a bheadh taibhse ann. B'fhearrde dhó gan bacaint leis an gcaifé go fóillín nó ró-the a bheadh sé. 'Tuige nár iarr sé caifé oighir? Mar nach raibh sé sin ar an gclár, d'eile!

Ach níor mhiste é a iarraidh, mar sin féin, féachaint céard é a déarfaidís. Cá bhfios nach mbeadh nós úr á bhunú aige, clú air dá dheasca, daoine á ndealú amach mar an chéad duine a d'iarr caifé oighir ... agus braoinín poitín air, len é a ghaelú, níor mhiste sin.

Seitreach ... Bhain sin geit bheag as. As clár éigin teilifíse di, gan amhras, áit éigin i gcroílár an óstáin, nó cén chaoi a mbeadh capall sa bhfoirgneamh seo? Seitreach í a thosaigh rothaí beaga na cuimhne ag imeacht. Soc bog mar a bheadh veilbhit ag neadú isteach ina bhos ... cuireadh chun marcaíochta ... agus in airde ar a mhuin leis gan diallait gan srian, is ar aghaidh leo trín mbrádán, an bháisteach bogte ar a aghaidh, í á mhuirniú. Isteach sa choill leo, duilleoga na gcrann ag déanamh láichín leis ... ach anois moill éigin ar an each, é faoi asarlaíocht éigin, é ar éigean ag bogadh tríd an gcoill, is géaga na gcrann is na dtom ag slaparnach orthu mar a bheadh lonnaí na taoide ...

Seitreach eile a dhúisigh é. Néal, am baist. An teas, ar ndóigh. Níor mhiste an caifé a bhlaiseadh anois! Chaithfí a bheith roinnt bheag cúramach nó thosódh daoine ag éirí pas beag amhrasach. Meisce, d'eile (is a locht a laghad).

Na máithreacha óga a bhailigh líon a intinne chuige anois. Bheadh boladh na hiarnála agus an stáirse fós amach ó na blúsanna, gach colainn díobh go fionnuar mín séimh, na cíocha chomh geal le plúr, iad ógchruinn, rithim an cheoil ag baint lena ngluaiseacht mhall mhaordha. Mná ciúise sásta, an tine ina gríosach iontu, iad bródúil faoina n-ál. Gach ní faoi smacht acu ach na súile, iad ag cuardach gan sos, iad de shíor ar thóir feasa. Ar ball, bheadh sé féin ag teacht faoi na súile céanna, iad á thomhas, á iniúchadh, á mheá. Ó is ea! Gan amhras! Agus bhí an t-am ann nuair a chuirfeadh sé fáilte roimh scrúdú seo na súl, is a chasfadh súil ar shúil, dearcadh ar dhearcadh, dúil ar dhúil, mian ar mhian. Bhí, mhais, agus scaití, ar ball éigin, beola ar bheola, cuisle ar chuisle ...

Ach ní oibreodh sin anois. 'Tuige go n-oibreodh? Mar nuair a théann tú in aois, a mhac, ní hé an deoch shéimh cheansaithe atá uait ach an braoinín borb. Is ní rófhada a bheadh an feitheamh. Bheidís siúd ag síothlú isteach mar a bheadh conairt ar éill, iad mífhoighneach, agus sin le feiceáil ar a lámha, a gcuid gruaige á caitheamh sa treo seo, sa treo siúd, teannas ina gcuid spaisteoireachta, teannas sa cholainn uilig, ó cheann go ordóg na coise, chomh teann le fidil, mhais.

A chúingín shiúil, tú díreach ón uachtarlann, an dtabharfása smeairín dom dá n-iarrfainn a leithéid? Nár mhaith leat bheith ag spraoi liom, ag déanamh na bhfolachán, is 'chaon rud ceadaithe dhuit ó thús go críoch? An n-oibreodh an cleas sin, an babhta seo? An n-éireodh leo siúd an siosarnach a dhúiseacht sna duilleoga?

Chugainn anois, an doras isteach, leis an gcéad aisteoir díobh siúd, a seacht mbliana déag sáraithe aici, gan dabht, agus sin scríofa ar a colainn, í sáraithe is nochta ag an ngréin, sa chaoi go raibh gach matán, gach féitheog le feiceáil ag obair inti go rí-shoiléir álainn. Ainmhí óg fiáin, a scríobfadh, a bhainfeadh plaic díot. *Leopárda do catre* ... Agus seo isteach í, go mas dúshlánach.

D'fhéadfaí í a shamhlú mar dhamhsóir, na cosa in airde aici mar a bheadh capaillín. Dáiríre, capall óg a bhí inti, Macha nó Epona, ceol an earraigh sna géaga, glas an earraigh sna súile, fonn an earraigh sna mása, gan dabht ar bith. An ndéanfadh sin cúis le gaoth a chur a shéideadh sna duilleoga, nó na héanlaith a spreagadh chun canta, na píobairí féir a dhúiseacht, léas breise a thabhairt don ngealach, cead aici a cuid asarlaíochta ársa a análú orainn, a líon draíochta a ligean síos agus muid uilig a ghabháil isteach ann? Suas, suas, suas, a chapaillín, suas go barr an aoibhnis. Ach bheadh an ceol oiriúnach de dhíth ar an ócáid: Port luasctha, 'deile?

Ach, ar chúis éigin, níor oibrigh sin, ach oiread. Níor oibrigh na cíocha bioracha ná na mása nocht, ag ár gcara, an ghrian, ná fiach an bhéil deirg ... An amhlaidh a bhí sí rósheang ar fad do stiúrthóir seo an dráma, agus í ag breathnú thart gach áit chun dúil a croí a aimsiú, is gan beannacht na súl dá suaraí féin a bhronnadh air féin. Chaillis do sheans, a chailín. Mhais, mo bheannacht ort féin ach mo mhallacht air ... ach ba chuma.

Seo chugainn as an lios, bean álainn na gréine, lena rolladh líne is a colainn gan léine. Anois, a mhac, an bhfuil biseach agat? Chugat an bhean a thosós cleitearnach sa nduilliúr nó ní lá fós é, gealltanas an tsonais niúmaitiúil, mar a dúirt a ndúirt. Cuirimis síos an rollamán (fan go fóillín), ar an gclár (fan fós), sa *dramatis personae*, mar Bhanríon na Síog. Bean a thuigeann cúrsaí. Bean nach bhfuil easnamhach ar an ealaín. Bean chumasach thoilteanach, agus arís í striopáilte ag ár gcomhghuaillí, Aonghus Óg na Gréine. Chugat lá t'fhuascailte, a sheanduine, is an té a dhéanfas tú a shaoradh, na lúibíní a scaoileadh, is cead a chinn ag nathair na beatha. Ach an ann duit, ar chor ar bith, a nathair? Nó an beo dhuit a thuilleadh? Nó an bhfuil do rás rite, a scraiste? Bean í seo a mheallfá gan stró, mar a rinne tú a liachtaí sin ama. An tarbh is óige: Ceart! Ach an stail is léithe, níos cirte fós. Tuigeann Tadhg Taidhgín. Go maith. Buail fút, a leaidín ghil, más ann duit i bhfolach sa choill ...

Ach ní raibh aon mhaith ann. Ná maith, mhais. Gan scaoileadh, gan corraí dá laghad, a bhí na lúibíní. Ina codladh — nó ina suainriocht — a bhí an nathair. Deamhan cleitearnach sa nduilliúr. Maith ná maith ní raibh ann. *Dramatis personae* gan fiúntas. *Script* gan éifeacht. Stiúrthóir gan stiúir. Nó an stiúir feoite ag an ngréin, is gach aisling, gach brionglóid, gach fís, in éindí?

Cuirtín, go mall réidh. *Requiescat.*

Aisling ghéar do dhearcas ...

Spaisteoireacht ar mo mhian cois na habhann, mar atá an Lech, le cúpla uair an chloig a mharú agus bealach réidh a thabhairt do na smaointe. Deamhan rud eile a bhí ar m'intinn an tráthnóna breá sin sa nGearmáin.

Cois na habhann bhí friota deas gaoithe ann, agus deis agam éalú ó bhrothall an tsamhraidh sa mbaile mór, mar Augsburg. Ciliméadar siar agus ciliméadar aniar. Dhéanfadh sin cúis. *Stein* beorach a ól ag ceann scríbe, b'fhéidir, nó *Schnapps* éigin na tíre a bhlaiseadh, ceann nach raibh triailte agam fós. Ar mo shuaimhneas a bhíos, chomh saor leis an éan ar an gcraobh.

Ar aghaidh liom go mall, mé ag breathnú ar na héin ar an dá thaobh agus corrléargas agam ar iora rua, mé faoi dhraíocht acu a aclaí atáid ó ghéag go géag, na héin ar a n-airdeall rompu mar gheall ar na huibheacha. Ní ró-fhada a bhíos ag siúl gur shroicheas an caifé ach fonn ná dúil ní raibh orm aon deoir a ól go fóillín. Agus mé ar tí dhul thar an gcaifé chuala mé an bhean ag scairteadh agus bhreathnaigh mé ina treo. Bean óg. Agus ormsa a bhí sí ag féachaint.

'... *Hallo, Louis. Wo kommst du her? Ich habe dich schon lange nicht gesehen!*'

Duine ná deoraí ní raibh thart ach mé féin agus comhluadar na mná sin, ise ina seasamh, iad siúd ina suí sa chaifé. Caithfidh gur mise an té a bhí i gceist, gur ormsa a bhí sí ag glaoch, mar Louis, mar dhea. Ach riamh níor tugadh Louis ormsa. '*Louis, Louis! Komm!*'

Stopas, mé idir dhá chomhairle. Níor mhaith liom a bheith drochmhúinte. Iomrall aithne, gan amhras. Nár chóir dom sin a chur in iúl? Ach an amhlaidh go bhféadfainn a leithéid a dhéanamh agus mé ar fhíorbheagáinín Gearmáinise? Praiseach a dhéanfainn de, cinnte. Nó, b'fhéidir, gan dul ar an seans sin ar chor ar bith ach beannú di, is mo lámh a chroitheadh san aer, agus leanúint ar aghaidh liom ag spaisteoireacht?

Ise a sháraigh an fhadhb mar seo chugam í … breith aici ar mo láimh … mé do mo tharraingt i dtreo an chomhluadair. Céard a dhéanfadh fear ar bith ach géilleadh di?

Dosaen díobh siúd a bhí ann, cheapfainn, mar chomhluadar, idir fhir is mhná, iad suite ag boird bhána ar bhruach na habhann faoi scáth na gcrainnte.

'*Louis ist hier und wir müssen feiern!*'

Thuigeas an méid sin uaithi, mar atá, gur ócáid í seo a chaithfí a cheiliúradh, dar léi, an bhean bhocht, is iomrall aithne aici orm. Ach dá n-inseoinn an fhírinne faoi chúrsaí nárbh ise a bheadh náirithe os comhair an tsaoil? B'fhearr dom fanacht i mo thost go fóill, ach an chéad deis a gheobhainn a thapú chun í a chur ar an eolas, ach os íseal, go deimhin.

Ach mise i láthair an chomhluadair b'amhlaidh a d'fhág sí gan smid mé nuair a d'ardaigh sí mo lámh is a labhair os ard.

'*Ich habe Louis in Paris geliebt!*'

Gur chaitheas seal grá i bPáras léi! Ar mh'anam!

D'fhéachas isteach ina súile, mé scanraithe. Súile ramhra gorma is iad ag damhsa. Súile a bhféadfá dul ag snámh iontu go Tír na nÓg na bhféidireachtaí …

Chúlaigh sí roimh mo shúil thóraíoch is bhreathnaíos ar a béal sóúil, béal a bhí ar leathadh leis an ngáire, í ag déanamh muga magadh díom? Mise i mo staic aici os comhair a cairde?

D'fhéachas arís ar an gcomhluadar. Daoine óga ag ligean a scíthe cois na habhann tar éis lá crua oibre sa mbaile mór. Comhartha mioscaise ní raibh á sonrú ar a n-aghaidheanna ach a mhalairt ar fad. Ag fáiltiú romham a bhíodar.

'*Louis! Louis! Du hast mich nicht vergessen!*'

D'fháisc sí mo lámh. Chonachtas dom go raibh achainí éigin ann. Céard é a bhí ar siúl ag an mbean óg seo? Dúshlán? Meisce? Geall curtha ag a cairde nach mbuailfeadh sí bleid ar fhámaire? Ach nach mbeadh sé chomh maith domsa í a leanúint sa chluiche, cibé a bhí ann, arsa mise liom féin, go fóill, ar aon chaoi, ar a laghad ar bith go bhfeicfinn céard é go baileach a bhí ar bun aici? Nó bhí iasc mór ar dhorú agam is níor mhór dom scóip a dhóthain a thabhairt dó. Sin, nó mise ar dhorú aicise, nach cuma? *Vergessen…* í i ndearmad agam …

'*Mam'selle, où est l'homme qui pourrait vous oublier après vous avoir vue une fois seulement?*'

Caint í sin uaim a thaithnigh le duine den chomhluadar.

'*Bravo! Vraiment, un Français galant!*'

Bualadh bas … Bhíos slán fós … *sain et sauf*! Ba chosúil nach raibh Fraincis ar a thoil ag duine ar bith eile díobh, nó má bhí féin, gan fonn air a chuid Fraincise a thaispeáint don domhan. Agus mhínigh an bhean óg nach raibh labhairt na Gearmáinise rómhaith agam ach gur thuigeas roinnt di.

'*Louis kann nicht gut deutsch sprechen aber er versteht alles, nicht wahr Louis?*'

'*Ein bisschen!*'

Fíorbheagán, dáiríre, Dia linn!

Cuireadh *Stein* beorach im láimh agus d'ardaigh gach éinne a chrúisc féin, agus ar achainí bhean úd na haislinge d'óladar mo shláinte.

Bhí greim docht ar mo láimh fós aici. Nuair a shuigh muid ar ball bhí sí chomh gar dom gur mhothaíos teas a colainne. Céard ab ainm di? Ach nár chóir dom a bheith foighneach go fóill? Luath nó mall bheadh a hainm luaite ag duine éigin dá cairde, is é sin le rá dá dtabharfadh sí deis chainte do dhuine ar bith eile, mar lán d'anam a bhí an bheainín óg seo le mo thaobh is an chaint ina rabhartha uaithi, í ag spalpadh anois faoin ócáid a chuir le chéile muid, dar léi, i Montmartre, bíodh a fhios agat, áit nach bhfaca mo scáth riamh fós.

Bean phéintéara, ar sise, a chuir in aithne dá chéile muid.

Léachtóir le healaíon sa Sorbonne a bhí ionam, Dia linn! Grá den chéad spléachadh a bhí ann. Ní raibh againn le chéile ach seachtain álainn amháin, muid go dlúth le chéile i gcónaí. Sreangscéal a chuir clabhsúr le cúrsaí. B'amhlaidh a bhí m'athair tinn agus dualgas orm deifriú chuige ....

Ag an bpointe seo thiontaigh sí chugam agus d'fhiafraigh go brónach díom cén fáth nár scríobhas? 'Tuige nár scairteas? Nó arbh amhlaidh a bhí bean éigin eile tar éis teacht eadrainn?

Tharla gur chaill mé mo dhialann, arsa mise i *schlechtes deutsch*, agus sa dialann sin, mar dhea, a bhí an t-eolas uilig breactha. Nár chuimhnigh sí gur scríobhas gach siolla isteach ann an lá sin a thugamar cuairt ar Notre Dame? D'fhéadfainnse mo pháirt sa ngeamaireacht seo a imirt chomh maith léise, mhais!

Ar ndóigh, ní fhaca mé Notre Dame ach uair amháin, ach ní in éindí leis an mbean óg seo, faraor, ach i m'aonar, nuair a theastaigh uaim Aifreann Domhnaigh a éisteacht roimh imeacht liom sa traein go dtí Irun. Agus theip orm san iarracht. Rómhoch ar fad don chéad Aifreann a bhíos, dar le duine de na giollaí de chuid na hArdeaglaise. Ach d'fháisc sí mo lámh go buíoch.

'Notre Dame! Es war so schön!

Ar ámharaí an tsaoil d'fhág sí Notre Dame sul má bhí deis ag duine den lucht éisteachta ceist chontúirteach a chur ar cheachtar againn. Anois is faoin b*pension* atá sí, *pension* ar an *rive gauche*, bean a' tí chomh tuisceanach sin, *mes enfants* de shíor á rá aici chomh leochaileach sin is a shílfí gur ag plé le Romeo agus Juliette a bhí sí, an créatúr.

Labhair an bhean óg — *mein Liebling!* — faoin dinnéar a chaith muid le chéile an chéad oíche sin, béile gan sárú ... fíon a chuir go mór le meisce an ghrá ... agus an *dessert, mon Dieu* ... deoirín *cognac* sul má chuir muid an leaba orainn féin (*Hine, nicht wahr?*)

Ag labhairt faoin leaba di mhoill sí nóiméad agus ansin lig osna aisti. Mo ghrá thú, arsa mise liom féin, nach tú atá in ann don amharclann agus cá bhfios nach bhfuil an amharclann i ndán duitse. D'éirigh sí, agus ós rud é go raibh greim aici ar mo láimhse b'éigean domsa éirí freisin. 'Bliain gan tú a fheiceáil, a Louis! Nárbh í an chinniúint a thug le chéile in athuair muid? Tá an oiread sin rudaí a chaithfeas muid a chíoradh! An oiread sin rudaí a chaithfeas muid a mhalartú! Nár go maith a d'éirigh leat cuimhniú ar an rud a dúras leat i bPáras, gur sa chaifé seo a ba dhual dom a bheith agus mé ar an mbaile seo!'

Ghabh sí a leithscéal ag an gcomhluadar agus d'fhág muid an áit, a greim daingean aici ar mo láimh. Nuair a bhí muid achar deas ón gcaifé labhair mise mar bhí an fhiosracht dom ithe. 'Aisteoir den scoth thú, bail ó Dhia ort. Ach in ainm dílis Dé cén sórt cluiche a bhí á imirt agat? Agus cén chaoi a raibh a fhios agat gur fámaire a bhí ionamsa?'

Scaoil sí mo lámh agus sheas siar beagán, í ag breathnú orm, suas síos, í ag gáire.

'Ó do chuid éadaí a d'aithin mé gur fámaire a bhí ionat, mar ní balcaisí iad sin, i gcead duit, a chaithfeadh Gearmánach ar bith. Shíleas go mb'fhéidir gur Francach a bhí ionat, agus, má bhí, go n-imreofá an cluiche liom go rómánsúil. Ach tá aiféala orm má chuireas moill ort, nó má chuireas isteach ort, ach, dáiríre, bhíos i gcruachás.'

'Bhaineas taitneamh as an mír sin!'

'Theastaigh leithscéal uaim chun an dream sin a fhágáil agus an firín beag suarach sin a bhí dom chrá a chur díom go brách na breithe, ach go háirithe. Nár thugais faoi ndeara é, an suarachán gránna úd leis an smig guaireach agus an *pince-nez* agus an ghruaig dhaite?'

Bhí deis agam, ceart go leor, staidéar éigin a dhéanamh ar an bhfear bocht céanna, mar romhainn sa chaifé a bhí sé, é ag stánadh i gcónaí ar aghaidh mo chéile comhraic. Speictream a bhí á thaispeáint ar cheannaghaidh an duine chéanna, speictream na mothuchán — iontas, scanradh, éad, fearg, déistin. 'D'aimsigh mé é, ceart go leor.'

'Theastaigh uaim imeacht uaidh, é a chur ó dhoras go deo, ach sa chaoi go dtuigfeadh mo chairde, má thuigeann tú leat mé?'

'Tuigim …'

'Maith dom é!'

'Maithiúnas faighte, *im Namen des Vaters und des Sohnes und des heiligen Geistes!*'

'*Danke!*'

'Ach anois?'

'Táim tar éis an tráthnóna a chur amú ort agus tá sé ag éirí déanach. Táim chun do shuaimhneas a athbhronnadh ort agus imeacht uait, ach go buíoch beannaitheach. *Gute Nacht!*'

'Ach an gcaithfeá imeacht? Níl an oíche ach ina tús … agus gan fiú t'ainm a chur in iúl dom?'

Ag damhsa a bhí na súile.

'M'ainm? Nach cuma? Nó abair gur *Traum* mé….

Ina siosarnach sciorta d'imigh sí uaim isteach san oíche chiúin … uaigneach.

Doña Perfecta

Siúlach scéalach, a deirtear; agus an té is siúlaí nach é sin an té is feasaí, go háirithe má thug sé cuairt riamh ar réigiún sin na Spáinne a dtugtar La Mancha air, is a d'éist leis na seandaoine tráthnóna fada samhraidh nuair nach bhfuilid róghafa leis an gcluiche úd, *doimineó*, sa chúinne is fionnuaire den teach tábhairne, iad ag malartú scéalta faoin nglóir mar a bhíodh is an fíon mar atá, fíon breá dearg de chuid La Mancha.

Is fíor duit, ar ndóigh, gur i bhfad roimh ár gcuairt-ne a tháinig an scríbhneoir mór úd, Miguel de Cervantes, an té a bhronn clú domhanda ar La Mancha; agus is fíor duit, go deimhin, nach bhféadfadh muide dul i gcomórtas lena leithéid, dá mba shin ár gcuspóir. Ach ní shin é é. Ní hé, ar chor ar bith, mar Cervantes, an fear bocht, níor bhac sé leis ach insint amháin a thabhairt dúinn ar scéal amháin de chuid La Mancha, agus d'fhág sé sparán scéalta ina dhiaidh, an fear flaithiúil, gan iad a bhreacadh, agus cead againne ceann eile díobh a roghnú is a chur faoi shúil ár muintire.

Mar is rí-eol, b'amhlaidh a tharraing an scéal a roghnaigh seisean aird na Cúistiúnachta air, cé gur ar éigean a bhí sé ag plé leis an Eaglais, ar chúiseanna a thuigeann cách, Dia linn.

A mhalairt a bheas ar siúl againne, mar níl fágtha den Chúistiúnacht inniu, ar an taobh seo tíre, ar aon chaoi, ach tromluí na staire. Is ea, go deimhin, óir beidh muide ag plé leis an bhfoirfeacht, nó le gnéithe áirithe di, gnéithe aisteacha di, más maith leat. Nó b'fhéidir go ndéarfá-sa, bail ó Dhia ort, agus an scéal cloiste agat, nach le foirfeacht atá muid ag déileáil, ar chor ar bith, ach le cuid éigin eile den saol is den nádúr.

Ar aon chaoi, bhí fear ann tráth, agus cónaí air i gceann de na sráidbhailte úd de chuid La Mancha nach fiú a ainmniú, mar a dúirt Cervantes féin, 'chuile sheans. Pósta a bhí an fear bocht ar bhean a mbíodh scian teanga de shíor á faobhrú aici ar na fearaibh, is dá cosaint féin, mar a dúirt sí a liachtaí sin amanna ar laigí na bhfear, agus a fear féin san áireamh, agus ar éadairbheachas a bhain leo i gcoitinne, agus, dáiríre, gan ach aon fheidhm amháin ag roinnt leo, mar atá an síol a chur.

'A Mhaim, cén uair a bheas an dinnéar romhainn?'

'Ná cuir Maim ormsa. Ní mise do Mhaim. Nach dtuigeann tú é sin fós?'

'Pero, *prenda* ...'

'Ná tabhair *prenda* ormsa, ach oiread. Ní mise do thaisce ach an bhean a phósais, mo léan. Fear gan feidhm. *Prenda* ... *Prenda* damanta. Nach rí-eol domsa céard is ciall leis an téarma sin agus é i mbarr theanga an fhir, mar atá sála san aer ag an mbean go ceann seachtaine!'

Bhí iníon ag an mbeirt seo, cailín deas mánla, mar a bhí María de la Perfección Ruiz y Ruiz. Ar dtús, agus ar a cumas an síorsciolladh a thuiscint, b'amhlaidh a chuir sé go mór isteach uirthi, agus trua aici dá hathair. Nó cén fáth nach bhféadfadh a máthair a bheith pas beag ní ba chineálta lena fear?

Ar ball, thug an mháthair faoi ndeara an dreach brónach agus na deora, is d'fhiafraigh den gcailín faoi chúis a buartha. Ar chloisteáil di í ag cosaint a hathar shíl an mháthair go raibh an t-am tagtha le cúrsaí a mhíniú.

'Ní drochdhuine é t'athair, a stór. Díol trua atá ann, dáiríre. Ná bí ag ceapadh gur ag troid leis atáim. Níl ann ach go dteastaíonn uaim beagán céille a dhingeadh isteach ina chloigeann dúr. Agus ní hé Juan is measa, ach oiread. Tá go leor leor díobh ann atá i bhfad níos measa ná é, *caramba!* Fir! Fir! Dia idir sinn agus an anachain! Nuair a cheapann tú go bhfuil ceacht éigin foghlamtha acu, sin go díreach an t-am nuair a chliseann siad ort agus, rud is measa fós, sin os comhair an tsaoil! Ach, ar ndóigh, ní d'aon turas a dhéanann siad amhlaidh. Measaimse féin gur fhág Dia ar an gcuma sin iad le muide a chéasadh agus deis a thabhairt dúinn cuid dár bpurgadóireacht a chur isteach ar an bhfóidín mearaí seo a dtugtar an bheatha air!'

Nuair a shíl an bhean go raibh ag éirí léi a hiníon a oiliúint sna cúrsaí tábhachtacha seo cailleadh í, gan réamhrá, gan fógra. Tubaist ab ea í sin a tharla seachtain tar éis do Mharía a ceathrú bliain i ngleann seo na ndeor a chomóradh.

Chaoin María a dóthain, ní hamháin mar gheall ar bhás a máthar ach go háirithe faoin gcaoi a raibh a hathair fágtha, mar go deimhin céard é a dhéanfadh sé feasta, gan éinne ann anois len é a stiúradh, féachaint ina dhiaidh, an lá a phleanáil ar a leas? Rinne an rud beag a machnamh agus stop an caoineadh nuair a shíl sí go raibh an fhadhb sáraithe, d'eile ach ise a bheith ina céile feasta ag a hathair, ise ina cócaire dó, ise ina dochtúir, ise mar bhanaltra, mar chailín aimsire, mar ... mar ... gach cabhair faoi adharca na gealaí. Ní thréigfeadh María a hathair!

'Ní thréigfead thú, a Dheaid!'

Abairt í sin a spreag imní sa bhfear bocht.

'Tá fhios agam. Cén fáth go ndéanfá? Tuigim. Ach cé an rud é a sheol an smaoineamh sin isteach it' chloigeann?'

'Feasta, beidh mise in áit mo mháthar agus tabharfad aire mhaith duit mar tuigim go maith nach bhféadfá aire a thabhairt duit féin. Nár mhinic a mhínigh Maim é sin!'

D'fhan sí go tostach, féachaint céard é a dhéanfadh a hathair. An dtabharfadh sé póg di? Nó seans go ndéanfadh sé í a mhúirniú. Ach smid ní dúirt Juan. Níor bhog sé orlach. Lean sé de bheith ag breathnú an fhuinneog amach.

Dá mba bhean a chloisfeadh a leithéid de ghealltanas, dar leis an gcailín óg, bhéarfadh sí uirthi ag an bpointe, agus mhúchfadh sí le póga í. Ach fear ... cé a thuigfeadh fear? Nóiméad eile a d'fhan sí, féachaint an mbogfadh a hathair, ach ansin, nuair ba léir di gur trína chéile a bhí sé, ach nach mbogfadh sé a choíche, rug sí barróg air, agus thosaigh le caoi a chur ar a chuid gruaige.

Ar ball, agus María níos ciúine, labhair an t-athair arís.

'Tóg go bog é, a thaisce!'

Ní go róréidh ar dtús a ghlac Papa lena stiúrthóir nua ach thuig sé, agus go rí-mhaith, tar éis seachtaine i ndiaidh bhás a chéile, nach raibh a iníon chun géilleadh do 'sheafóid ar bith' (an chéad abairt a d'fhoghlaim sí óna máthair). Agus ní hamháin go raibh an abairt go cruinn ag an iníon agus í bliain go leith d'aois ach go raibh tuin na máthar le cloisteáil tríthi, rud a chuir an mháthair ina steillbheatha rompu beirt anois, mar a bheadh taibhse. Dar le Juan, ar bhain an bhagairt geit as, bhí toil a chéile chomh soiléir sin go raibh sí fós ag sciolladh leis.

'Cén chaoi a bhfuil cúrsaí, a fhir bhoicht, agus do chéile san uaigh?'

'Maith go leor, *caramba*, nó tá m'iníon iontach tuisceanach is thar a bheith ábalta!'

An lá sul má ghlac María leis an gCéad Chomaoineach bhailigh mná an *pueblo* le chéile agus shocraíodar faoi fhleá bhreá a réiteach don gcailín bocht a chaill a máthair. An cinneadh i gcrích, thugadar cuairt ar Juan, chun an plean a chur ina láthair. María a d'oscail an doras is a chuir fáilte rompu. Agus, nuair a bhíodar cruinnithe thart timpeall a hathar, in airde an staighre arís léi le lán na súl a bhaint arís as an ngúna álainn geal a bheadh á chaitheamh aici an lá dár gcionn.

Cuairt ab ea í a chuir imní ar Juan: Clamhsán faoin siopa? Rud éigin a cheannaigh siad ann a rinne dochar éigin?

'Ní hea, ar chor ar bith, a Juan, ach ba mhaith linn fleá bheag a ullmhú don gcailín beag a chaill a máthair.'

'María? Nach deas uaibh an smaoineamh céanna. Ach, dáiríre, ní mór daoibh an scéal a phlé léi féin. A Mharía, a Mharía! Gabh i leith nóiméad.'

Isteach leis an iníon, ceist ar a haghaidh.

'Ag iarraidh do lá a mhaisiú duit amárach atáid, a thaisce, má táir sásta glacadh lena gcineáltas.'

B'ait leis an gcailín nár ghlac a hathair leis an tairiscint agus gan fios a chur uirthise.

'Táim fíorbhuíoch díobh, fíorbhuíoch ar fad!'

Shíl Juan nár mhiste cúrsaí a shoiléiriú beagán.

'Ar ndóigh, is í María atá i gceannas ar an teach ó cailleadh a máthair.'

'Tá sé socraithe, mar sin?'

'Tá, mais. Tá muid beirt an-bhuíoch díobh.'

'Buailfidh muid isteach faoi ardtráthnóna, mar sin, má oireann sin daoibh.'

Go han-mhaith a d'éirigh le lá mór María agus um thráthnóna chuir an t-athair an fíon ina shruth thart timpeall, agus go háirithe i measc an dornán fear a tháinig in éindí leis na gasúir a bheadh in éindí le María amárach ag an altóir. Bhí go maith is ní raibh go dona go dtí go bhfuair an fíon an ceann ab fhearr ar Mhiguel, mar céard a rinne seisean ach sonc a thabhairt sna heasnacha do Juan, é ag caochadh súile don gcomhluadar.

'Nach bhfuil sé in am duit, a Juan, a bheith ag smaoineamh faoi bhean eile a thabhairt isteach?'

Tost ar an gcomhluadar, gach éinne ag breathnú ar Mharía. Na fir! Na diabhail! Cé a dhéanfadh praiseach don lá ach amadán fir!

Ní dhearna an cailín ach gáire séimh.

'Fad is atáimse féin beo ní thiocfaidh bean ar bith eile isteach anseo.'

Sméid na mná ar a chéile is rinne miongháire.

I ngrásta Dé, mar a deir an Leabhar Maith, a d'fhás María, a cuid oibre sa tigh, agus lasmuigh de, ina sárú ar a raibh déanta aici an bhliain roimhe, nó dáiríre is go deimhin, ó lá go lá, agus rinne an sagart, Don Alesandro, iontas de. Agus nuair a shíl sé an t-am a bheith oiriúnach thug sé cuairt ar Juan.

'Bail ó Dhia oraibh!'

'Agus ort féin, a athair!'

'Tá do Mharía ag déanamh go han-mhaith ar scoil, bail ó Dhia uirthi.'

'Tá, ambaist. Agus an oiread sin cabhrach a thugann sí sa tsiopa. An chuntasóireacht ... na foirmeacha ... an oiread sin ceisteanna a chaithfead a fhreagairt! Dia dár réiteach!'

'Measaim go mba chóir duit, a Juan, a bheith ag smaoineamh faoi oideas den tarna leibhéal don iníon.'

'Í a chur amach go dtí scoil chónaithe, ab ea, a athair? Ach ní fhéadfainn leanúint ar aghaidh anois dá huireasa.'

'Tuigim. Ach d'fhéadfá í a chur ar scoil ar na mná rialta abhus. D'fhéadfadh sí féin a bheith ina bhean rialta amach anseo. Aingeal beag atá inti cheana féin, buíochas le Dia.'

'An mbeadh an scolaíocht sin daor orm, a athair?'

'Ní bheadh. Táim tar éis cúrsaí a phlé leis an máthair ab.'

Isteach ón scoil le María.

'Seo anois í, a athair. Ní mór duit cúrsaí a phlé léi-se óir is í a bheas thuas nó thíos leis.'

'Déanfad san, mar sin.'

Phléadar an scéal agus ghlac María leis an gcomhairle. Dall go maith ar na mná rialta a bhí sí go nuige seo ach chorraigh an fhiosracht í. Cén chaoi a ndéanfaidís siúd an lá a chur isteach? Bhí cosúlacht orthu, ar aon chaoi, nár mharaigh siad iad féin le hobair, bhíodar chomh ramhar sin.

'Bíonn siad ag freastal ar sheandaoine atá tinn, a Mharía. Carthanacht, ar ghrá Dé, a iníon! Ní fúinne atá sé breith a thabhairt ar na comharsana, a chailín. Táid siúd an-naofa agus tuigim gur múinteoirí maithe iad. Cuirfidh siad barr ar do chuid oideachais.'

Agus chuir. Agus gan stró, de réir cosúlachta, mar ba í María a tháinig sa chéad áit i ngach scrúdú go dtí an lá deiridh.

Ba é an sagart, Don Alesandro, a bhronn na duaiseanna an lá sin agus thapaigh sé an deis, nuair nach raibh éinne ag cúléistacht leo, cogar a chur i gcluas na mná óige.

'Ar mhaith leat a dhul isteach san ord, a Mharía, is a bheith id bhean rialta? Tá ardmheas acu ort!'

'Níor mhaith, a athair, i gcead duit. Agus ní thuigim cén fáth go bhfuil a gcuid ama dá gcur amú acu, am Dé, is iad ag teagasc na mban óg. Is iad na buachaillí, a athair, na daoine ag a bhfuil gá, agus géargá, le hoideachas, le béasa, le mánlacht éigin. Buachaillí na háite seo, Dia linn. Níl smid ina gceann siadsan ach an t-aon rud amháin, mar a dhéanfadh tarbh, mar a dhéanfadh stail, nó cat nó mada, ach gan aon chuid d'uaisleacht na n-ainmhithe úd ag baint leo, leoga. Buachaillí an *pueblo* seo, táid ciotach, drochmhúinte, dúr, borb, agus chomh dána le muic.'

Caint í sin a scanraigh an sagart agus choinnigh sé amach ó Mharia go dtí gur cailleadh an tseanbhean a chaith a saol, nach mór, is í ar a dícheall le caoi éigin a choinneáil ar theach an tsagairt, ar an séipéal, agus ar an bhfear bocht féin.

'A Mharía, táim i gcruachás ...'

'Ab ea ...'

'Josefina, bean an tí a bhí agam leis na cianta cairbreacha, tá sí marbh.'

'Ar dheis Dé go raibh an bhean bhocht. D'fhulaing sí a lán, de réir mar a chualas.'

'An ndéanfá gar dom ach an bhearna a líonadh?'

'Déanfad mo mhachnamh ....'

Rinne sí amhlaidh. Phléigh sí cúrsaí lena hathair, a bhí oilte chomh maith sin aici go raibh deireadh, agus le fada, le hoícheanta *doimineó*, deireadh, go deimhin, leis na cuairteanna ar an teach tábhairne. Ar éigean a bhrisfeadh sé amach arís, nó, dá ndéanfadh, ba dhó-san ba mheasa. Mharódh sí é!

'Déanfad é a thriail, a athair, ach níor mhór dom smacht a chur ar chúrsaí. Caoi, a athair, caoi!'

Bhí go maith agus b'fhéidir nach raibh ródhona. Ach níl aon amadán mar atá an seanamadán. Nach sin a deirtear?

Caoi a dúirt sí agus caoi a chuir sí, agus sin gan scrúpall. I gceann roinnt seachtainí bhí an seansagart ina chime ina theach féin, é faoi smacht iomlán ag an mbean óg tanaí seo a bhí i gcónaí ina sainrith ó chúinne go cúinne.

Maidir leis an séipéal, d'iarr sí ar an sagart cruinniú a shocrú do mhná na háite, agus nuair a thángadar, chuir sí caoi orthu, agus chuireadar siúd caoi as cuimse ar an séipéal, agus iachall ar na fir an chosair easair de ghairdín a ghlanadh is a chur faoi bhláth den chéad uair le leathchéad bliain. An rud ab fhearr ar fad nár chosnaigh an obair seo go léir oiread is an chianóg rua féin ar

an bparóiste, nó bhí an dualgas sin orthu teach Dé a choinneáil
glan is a mhaisiú, mar a mhaígh an sagart ón gcrannóg tar éis do
Mharía an tseanmóin a dhingeadh isteach ina chloigeann.

Míorúilt a bhí mar thoradh ar chaint an tsagairt. Ón tréimhse
sin, cheapfainn, a d'éirigh an leasainm úd, a bhronn duine
mailíseach éigin ar Mharía, a bheith coitianta, mar 'Doña
Perfecta', agus na focla Laidineacha mar chompánaigh, *ora pro
nobis*. Chuaigh cúrsaí chomh fada sin ar strae, de réir mar a
chualas, gurbh í María a scríobhadh gach seanmóin don
tseansagart go lá a bháis.

Agus María, í ag dul i dtaithí ar ealaín, d'éirigh chomh maith
sin léi gurbh amhlaidh a líon sí séipéal a bhíodh gan ach leathlán
agus Don Alesandro i mbarr a mhaitheasa, agus mheall sí
strainséirí de chéin is ó chóngar. Ar ndóigh, bhí cúis mhaith ag
baint leis sin uilig mar bhí María ag éirí an-eolach, de réir a
chéile, ar imeachtaí an cheantair, nó nuair a bhíodh cumann úd
na mban ag obair as láimh a chéile sa séipéal agus i dteach an
tsagairt ní ina dtost ba dhual dóibh a bheith, ach cainteach,
fiosrach, caidéiseach, taifeachach; agus ag María a bhí an
éisteacht is an chuimhne ab fhearr.

An té ar theastaigh uaidh a bheith *al corriente*, nó feasach, faoi
chúrsaí, b'éigean dó gach seanmóin díobh a chloisteáil is a
anailísiú nó b'fhéidir gur thíos lena dhíláthair a bheadh sé.

Agus ar mhóráltacht an *pueblo* is an cheantair bhíodh
tionchar as cuimse mór ag na seanmóintí céanna mar nuair a shíl
María é a bheith riachtanach níor chuir ní ar bith bac uirthi, ná
fiacal lena raibh le rá aici, idir bhagairt is eile. Agus thosaigh
daoine a bheith níos ionraice agus earraí á ndíol acu, agus níos
fírinní ina gcuid tuairiscí agus go háirithe níos discréidí is iad ag
plé imeachtaí grá.

Mar bharr ar gach buntáiste d'fhás an t-aonach áitiúil sa chaoi
go raibh sé ar bun gach seachtain in ionad uair sa mhí, agus
leathnaigh an rathúnas dá réir.

Bhí deartháir óg ag Don Alesandro agus, ar chaoi éigin,
d'éirigh leis dréimire na hEaglaise a shárú gan mórán stró, gur

bhain sé an chairdinéalacht amach agus, iontas na n-iontas, cairdeas agus iontaoibh an Phápa féin.

Ba bhreá leis an bPápa a chuid Caistílise a chleachtadh leis an bhfear ón Spáinn agus bhí an tuiscint chéanna ag an mbeirt faoi ghreann, rud a tharraing le chéile iad minic go leor. '*Qué tal*, Pablo? Aon scéal nua?' Gann a bhí na scéalta an tráthnóna sin ag an gCairdinéal. Ach ansin, rith an smaoineamh leis go bhféadfadh sé rud éigin a rá faoin athrú a bhí curtha ar chúrsaí sa mbaile ag an mbean láidir úd, 'Doña Perfecta', mar a thug muintir an *pueblo* uirthi, bean a bhí, dar leis, an-chosúil, ar bhealaí, le Jeanne D'Arc, an naomh.

Faoin am sin, bhíodh an-chaint ar bun i measc intleachtóirí na hEaglaise faoin nós úd de chuid na Musalmach 'naomh' (*uailí*) a thabhairt ar fhear agus é fós beo. Shíl roinnt Caitliceach gur nós inmholta a leithéid. Agus, arsa an Cairdinéal, cén fáth nach bhféadfaí tosú leis an Doña Perfecta seo, a bhí ina naomh cruthanta, dar lena dheartháir?

Níorbh iad na scéalta fada a shásaigh an Pápa ach ceann gearr, 'ar a mbí blas', mar a deireadh sé féin, é ag iarraidh a bheith *típico*, agus 'caint na ndaoine' i mbarr a ghoib aige.

Tuairisc ghearr, dá bhrí sin, a thug an Cairdinéal don Phápa, ar an gcailín a chaill a máthair agus í fós ina naí, ach gur éirigh léi, trí naofacht agus diansaothar, beagnach gach cúinne de chuid La Mancha a thabhairt faoina cumhacht is a comhairle. Má bhí naomh ar bith ina measc ba í María de la Perfección í, frithchaitheamh na Maighdine, an té sin!

Scéal é sin a thaitnigh go mór leis an bPápa; ach bheadh a thuilleadh eolais fós de dhíth air, mar fear an-chiallmhar ab ea é; agus céard é a shocraigh sé faoi ar ball, tar éis dó a dhian-mhachnamh a dhéanamh, tar éis an-phaidreoireachta, ach beirt mhonsignoirí a sheoladh chun na Spáinne le tuairisc 'oibiachtúil' faoi Mharía a chur le chéile.

Thart faoi mhí a chaitheadar siúd, ag dul thart ar La Mancha, agus go deimhin ag blaiseadh a chuid fíona, earra a mholadar go spéir. Ar ball, bhuaileadar le María, a shíl nach raibh iontu ach gobairí fiosracha gan tábhacht, mar ní dúradar smid faoi chúis a gcuairte.

Ar fhir an cheantair is mó a roinneadar féin a gcomhluadar toisc ina measc sin a bhíodar ar a suaimhneas agus, ar ndóigh, ar eagla an scannail. Uair amháin, bhuaileadar le cumann na mban, sa *pueblo*, agus, ar an drochuair, bhí María as láthair an tráthnóna sin. Ach, dar leo ní ba dhéanaí, fuaireadar a sáith, an lá céanna.

D'fhilleadar ar an Róimh, iad ar aon tuairim, iad sásta go maith faoina gcéad turas ar thír aisteach sin na Spáinne, tír a bhí, dar leo, mar chuid den Afraic ó cheart, maidir le meon na ndaoine, aimsir, bia, cé nach raibh aon locht acu ar an bhfíon.

Maidir le María, agus a raibh déanta aici, shíleadar gur contúirteach an mhaise í bean a bheith ní hamháin i gceannas ar pharóiste ach ar easpagóideacht, chomh maith, mar ba léir go raibh Perez, an tEaspag, chomh mór sin faoi anáil na mná sin is a bhí Don Alesandro féin.

Chaithfí a admháil go raibh éifeacht agus rathúnas ag baint le réimeas María, agus go deimhin, go raibh na spéipéil lán, Domhnach is dálach, ach bhí contúirt an scannail ag bagairt orthu uilig, an t-am ar fad. De réir cosúlachta, maighdean a bhí i María. Ar a laghad ar bith, ní raibh a mhalairt á chur ina coinne ó éinne, go bhfios dóibh. Ach bean ... ní fhéadfaí a bheith cinnte.

Eiriceacht, dáiríre, an duifean ba mhó a bhí ag baint leis an mbean, agus a dearcadh i leith na bhfear a chur sa mheá. Ar ndóigh, ní raibh ansin ach tuairim, amhras; agus ba chóir, b'fhéidir, dá gceapfadh a Naofacht a leithéid a bheith inmholta, aire *La Santa Oficina* a dhíriú ar an gcás.

Mar leid éigin, go mb'fhéidir go mbeadh eiriceacht i gceist, bhí, ar ndóigh, dearcadh na mná ar na fearaibh, nach raibh iontu ach rud beag éigin os cionn na n-ainmhithe, agus nach raibh oiread is fear amháin ina bhall de cheann ar bith de na grúpaí a bhunaigh cumann na mban ar fud La Mancha.

Léigh a Naofacht an cháipéis agus chuir ar aghaidh go dtí La Biblioteca Vaticana í, mar a dúirt sé lena chara, Pablo, an Cairdinéal, mar ba rud stairiúil í.

'Cé leo a bhain na *monsignori?*'

'*La Congregación del Futuro!*'

'Tuigim. Agus céard é do chinneadh … faoi Mharía … a naofacht?'

'Fanfaidh muid go dtaga na gnáthmhíorúiltí.'

'Is do chinneadh?'

'*Requiescat!*'

Cuairteoirí

Isteachaigí, isteachaigí, mar sin! Bhíos ag smaoineamh go rabhas i ndearmad agaibh agus ag scrúdú mo choinsíasa dá réir. An bhfuil gunnaí sa tigh seo, ab ea? Gunnaí, mhais. An ag magadh fúinn atáir? Cinnte go bhfuil gunnaí sa tigh. Nach bhfuil sibhse tar éis iad a thabhairt isteach? Nach bhfuil ceann id láimhse? Nach bhfuil raidhfil ina láimh ag an saighdiúir amuigh ansin, taobh thiar den bhfál sceiche, é á dhíriú ar an mada, Dia dár réiteach. Céard eile atá uaibh, in ainm dílis Dé?

Ábhar suibvéirseach, ab ea? Mhaise, tá an-Ghaeilge agat, bail ó Dhia ort, ach ní thuigim thú. Ní thuigim thú ar thalamh an domhain. Ach tá roinnt Laidine agam, ceart go leor. 'Casadh faor', nó a leithéid, cheapfainn, is ciall leis an Laidin. Ionann 'sub' agus 'faoi', ar ndóigh. Céard é a deir do leabhar beag, mar sin? Ábhar suaiteach, ábhar treascrach, ábhar buartha? Mhaise! Nach mór an t-ábhar buartha againn i láthair na huaire, agus ní ag ceasacht ar Dhia atáim. Nach bhfuil leath na tíre dúnta acu agus fonn orthu, más fíor, an chuid eile a dhúnadh sula i bhfad, mura bhfuil teacht ar an té a cheannós í. Tuigim go bhfuilid chun na cathracha a dhúnadh — gach ceann díobh ach Baile Átha Cliath, ar ndóigh — agus a bhfuil fágtha iontu, nuair a dhúnfas Meiriceá liosta na heisimirce, a thabhairt go dtí an ardchathair, go gcosnódh sé i bhfad níos lú airgid iad a choinneáil i mBaile Átha Cliath ná iad a fhágáil san áit a bhfuilid. Deir siad, freisin, go mbeidh sé i bhfad ní ba éascaí súil ghéar a choinneáil orthu agus iad uilid in aon chiseán, má thuigeann tú leat mé.

Ábhar treascrach, mar sin? Nach bhfuil a fhios agat go bhfuil, bail ó Dhia ort, agus an oiread de. An fhírinne. Sin an namhaid is mó dá bhfuil agaibh, is cosúil. Is féidir libh tosú, mar sin, le *Bíobla Bhedell*. Sin an ceann is sine — cá bhfios?– an ceann is contúirtí. Ach tá *Bíobla Uí Fhiannachta* againn, chomh maith, nó *Bíobla Mhá Nuad*, mar a thugtar air scaití. Tá sin againn, mhais, agus cén fáth nach mbeadh? Agus an *Leicseanáir.* Agus roinnt leabhar Aifrinn. Ach níl muid biogóideach sa tigh seo, mhais. Tá an Córan againn — tá súil agam go bhfuil Araibis agat? Tá na Vedaí againn, freisin, Sainscrit, áit éigin ar fud an tí.

Céard iad na bileoga a bhfuil scríbhinní rúnda orthu? Mhaise, mo bheannacht ort féin ach mo mhallacht ar lucht do mhúinte! Sin an cló Gaelach. An cló Gaelach, a dúras. Nach dtuigeann tú céard é sin? Féach, seo foclóir Gaeilge. An tAthair Ó Duinnín a scríobh. Breathnaigh ar an gcló sin. Sin an cló Gaelach.

Cé na sceitimíní sin atá ort leis an mBíobla Gaeilge? Go bhfuil scríbhinní rúnda eile fáite agat ansin? Ach an amhlaidh atáir aineolach faoi Eabhrais? Teanga na nGiúdach … agus teanga an Bhíobla, más fíor, freisin. Níl sna scríbhinní sin liom ach nótaí. Nótaí treascartha atá iontu agus, dáiríre píre, is dócha go bhfuil an Bíobla Naofa an-treascartha ar fad. Céard a deir tú? Go bhfuil a leithéid admhaithe agam agus go nglacaim freagracht as a bhfuil i gceist? Mhais, is rí-chuma liom, a stór, mura gcuireann sin uilig isteach ar an Spiorad Naomh!

Gréigis atá id láimh anois, bail ó Dhia ort. Teanga eile fós an teanga mar a bhí sí thart faoi 2,000 éigin bliain ó shin. Sa teanga sin, más fíor, ba ea a scríobhadh an Tiomna Nua, cuid eile den Bhíobla. Foréigean? Is dócha go bhfuil an ceart agat sa méid sin. Lán de atá an Sean-Tiomna. Ach bhí ceadúnas ag na hIosraeiligh a bheith ar an dóigh sin, tá fhios agat. Ceadúnas ó Dhia. Pobal Dé a bhí iontu. Sin cuid den traidisiún atá ann i gcónaí agus go láidir, agus atá ina oidhreacht ag an gCríostaíocht, ó aimsir Chonstaintín.

Ar airigh tú aon chaint riamh, bail ó Dhia ort, faoin gCúistiúnacht? Mhaise, nár airigh? Agus shíl mise i gcónaí gur cuid den oiliúint a fhághann sibhse, tá, ceachtanna bunaithe ar an gCúistiúnacht chéanna. Sibhse, agus an Díorma Trom, CGB, CIA, MI-2, agus mar sin de. Is dócha go mbeadh fonn oraibh breathnú ar na leabhair staire, chomh maith? Tá an seomra seo lán díobh. Seans maith gur cóir tosú leis an saothar úd le Dorothy Macardle. Leabhar Béarla, tá, *The Irish Republic*. Ach níl sé in éadan an dlí a leithéid a bheith agam! Tá sé ar díol go hoscailte sna siopaí. Tá ceann eile ann a scríobh Dorothy, grásta di. *Tragedies of Kerry* a thugtar air. Faoin obair a bhí ar siúl agaibh sna fichidí atá an leabhar. Tá fhios agat, an t-am nuair a bhíodh sibhse ag cothú préachán le poblachtóirí. Tá saothar eile agam a dhéanann trácht ar na heachtraí sin agus Earnán Ó Máille a scríobh. *The Singing Flame* is teideal dó. Tá sin againn leis, féach....

Agus breathnaigh, tá leabhar iontach agam anseo, leabhar Gaeilge, a scríobh an tAthair Benedict, faoi Lorcán Ó Tuathail, agus cur síos fíorspéisiúil ann faoin gcaoi a chloígh na ridirí Normannacha leis an rud a dúirt an Pápa, nuair a bhronn sé Éire ar an rí Sasanach, dár mbuíochas. Céard é a dúirt an Pápa, ab ea? Mhaise, an creideamh a choinneáil slán sa tír seo. Rinne siad an-jab go deo i nGleann Dá Loch. Scrios siad an áit chomh minic sin, agus rinne siad an oiread robála ann gurbh éigean do na manaigh an gleann is a raibh ann a athréigean ar ball.

Céard é a deir tú? Gur airigh tusa gurbh iad na Danair a rinne an scrios, ab ea? Go deimhin, ní raibh na Lochlannaigh leath chomh dona agus a bhí na Normannaigh, ar dtús, ar aon chaoi. D'fhéadfaí a bheith ag súil le scrios agus eirleach ó na Danair, ach cé a cheapfadh go ndéanfadh Críostaithe a leithéid ar a gcomhChríostaithe, rud atá á dhéanamh acu gan stop gan staonadh le breis is 800 bliain.

Is fíor, a dhuine uasail, gur baill muide de *Chonradh na Gaeilge*. Cén chaoi a dtáinig sibh ar an eolas sin? Agus de *Chomhaltas Ceoltóirí Éireann*: fíor duit. Agus de *Chumann na dTionóntaí*. Tá an-eolas go deo agaibh .... Fíor. *Cumann Lúth-Chleas Gael*? Cinnte dearfa. Agus den leabharlann áitiúil. Deirim go bhfuilim im bhall den leabharlann áitiúil, freisin ... ceart ... bíonn muid ó am go chéile sa tséipéal sin, chomh maith. An amhlaidh a thaithíonn sibhse an áit chéanna maidin Domhnaigh? Ceapann tú gur ábhar amhrais féin na cúrsaí sin uilig. An iomarca ballraíochta, ab ea? Neach uaigneach is ea an duine, a sháirsint. Agus nach ar scáth a chéile is ea a mhaireann na daoine? Abair leis an bhfear sin an gunna a ísliú, tá sé ag cur isteach ar an mada. Cén fáth go gcuirfinn ruaig ar an mada bocht? Nár thugas comhairle dhuit ... ach tá an dochar déanta anois agus tóin na mbrístí i mbéal an mhada!

Tá áthas orm nach bhfuil aon ghearradh síos ar bhur ragobair agus go mbeidh Nollaig mhaith agaibh dá réir. Go dtuga Dia slán abhaile sibh agus nár castar aon drochní oraibh ar an mbealach, Dia idir sinn agus an anachain!

Maimeó

An dtig leat gasúr a shamhlú is é in éad lena chara mar gheall ar a sheanmháthair seisean? Ach nuair nach bhfuil ach seacht mbliana d'aois sáraithe agat tuigeann tú a leithéidí agus cuid mhaith thairis. Deamhan gáire a dhéanas tú faoi nó tá sé chomh nádúrtha is atá báisteach mí na Feabhra. Ba mhór liom dó í, mar Mhaimeó. 'Tuige nach mbeinn in éad leis? Nach rabhamar uilig in éad leis agus go ceann i bhfad?

Ba shin an t-am nuair a d'fheicfeá Séamas Ó Lorcáin ag labhairt linn i Sráid Uí Chonaill, é ina sheasamh faoi dhealbh Pharnell, nó faoi dhealbh éigin eile ní ró-fhada ó Shráid Mhic Dhiarmada, is ea, mais, fadó fadó i mBaile Átha Cliath, d'eile? Ach ní thig liom dearmad a dhéanamh ar an aghaidh chaol ghéar faoin hata leathan dubh, na focail ina sainléim óna bhéal amach mar a bheadh rois philéar, is na *shawlees* bailithe thart timpeall air, eisean ag impí orainn éirí inár seasamh agus ár gceart a éileamh. Ach ba bheag a fuair sé as a shaothar, an fear bocht, ach bualadh bas ó phobal buailte, pobal na ngiobal is na gclifleog.

Ní chreidfeá é, b'fhéidir, ach ba shin an tráth nuair a bhíodh muid ag rith thart cosnochta, dálach Domhnach, samhradh geimhreadh. Am nuair a bhíodh boladh bréan mar fháiltiú romhainn ag dul isteach i dteach mór Seoirseach, áit nach mbíodh ach an t-aon seomra amháin inti ag gach clann, seisear i ngach leaba, agus an fuílleach sínte ar an urlár, Dia linn.

Thuigfeása, mar sin, an tseoid luachmhar, mar mhaimeó, a bhíodh againne faoin ré dhearóil chéanna, ach í a bheith lách grámhar, agus go mór mór seanmháthair a mbeadh siopa aici, sparán teann aici, í ina cara mór agat a thabharfadh bonnóg duit, agus braoinín bainne lena chois, agus sin ag an uair úd nuair ba mhó a bhíodh a riachtanas, bia is deoch ina ndroichead idir bás is beatha, shílfeá.

Go deimhin is go dearfa bhíodh muid in éad leis, agus go mór, dar lán an Leabhair.

Rúbóg de bhean Chonamara a bhí inti a tháinig go Baile Átha Cliath, mar a tháinig na mílte roimpi, le jab a fháil agus, dá bhféadfaí, fear. D'éirigh léi, is go seoigh, an dá rud a aimsiú. Ach b'amhlaidh a fuair an fear bás agus í sách óg fós. Chualas go bhfuair sí deis chun a pósta an tarna huair, agus minic go leor. Ach ar chúis éigin níor ghéill sí. Is dóigh liom gur saoirse a bhí i gceist, í gan a bheith beag beann ar éinne agus smacht iomlán a bheith aici féin ar chúrsaí an tsaoil.

Má fhág a fear ina baintreach óg í ní go díomhaoin a bhí sé fad is a bhí lúth sna géaga aige nó ghin sé ceathrar agus ghineadar siadsan breis is scór agus bhíos-sa féin mór le leaid díobh siúd, mar Pheadairín, mar a thug sise air. Sin an leaid a thug isteach sa chlann sin mé.

Ag an scoil úd i Sráid Mhaoilbhríde a casadh ar a chéile mise agus Peadairín an chéad lá, agus tar éis dúinn seal a chaitheamh ag comhrac go fíochmhar fuilteach lena chéile, d'éirigh go hanmhaith ar fad eadrainn.

Tráthnóna amháin, agus muid ag fágáil seomra an ranga, céard é a d'iarr sé orm ach dul in éindí leis, le buaileadh le Maimeó: 'Tabharfaidh sí bonnóg duit', ar Peadairín.

'Cinnte?'

'Cinnte dearfa!'

D'íosfainn cába Chríost ag a dó a chlog tráthnóna ar na saolta sin. Ar aghaidh le chéile linn go dtí an siopa a bhíodh ag Maimeó ar Shráid Pharnell, siopa a mbíodh bláthach ar fáil ann agus mé im mhalrach, agus go ceann i bhfad ina dhiaidh sin, go dtí nach raibh fágtha sa mbaile mór ach an siopa sin dá mbeadh bláthach den seandéanamh uait, bláthach mhilis chúrach, agus ba shin an cailín a sháródh tart tar éis duit cúpla uair an chloig ag imirt báire ar scátaí rothacha ar na cúlsráideanna.

'Seo mo chara', ar Peadairín agus muid istigh sa siopa. Bean mhór a bhí romhainn, aoibh gháire uirthi, na muinchillí ag an dá uillinn, is na lámha ar a corróga aici.

'Cár chaill tú do "Dia dhuit", a Pheadairín?'

Nuair a bhí na beannachtaí curtha ina gceart, agus an bhean lách ag gáire ar feadh an ama, thug Peadairín faoi bhéasa aitheantais mar ba chóir; agus cén fáth, arsa an bhean ghroí, nach dtabharfainnse Maimeó uirthi chomh maith le cách 'toisc nach maireann agat ceachtar den bheirt udaí a ba chóir a bheith ag gasúr deas múinte mar atá ionat féin, bail ó Dhia ort', agus thug sí bonnóg domsa, agus ceann eile do Pheadairín, agus ceann eile fós an duine dúinn ar ball, agus blogam blasta 'leamhnachta', mar a thug sise ar an deoch, rud a bhí an-chosúil go deo sa mbéal le bainne, dar liom.

Ba shin an chéad chuairt ar Mhaimeó, mar a dúras, agus ba mhinic ina dhiaidh sin a bhuaileas isteach chuici, go hiondúil agus mé in éindí le Peadairín. De réir a chéile chualas a scéal, agus chuireas aithne ar a clann, agus ar chlann a clainne, clann agus clann chlainne a raibh sise ina banríon orthu, banríon gan iomaíocht, rialtas an ghrá. Caidreamh a bhain faobhar éigin den ré dhearóil.

'Tá sí chomh tuisceanach sin i gcónaí!'

'Ar ndóigh…'

'Tuigeann sí 'chuile shórt!'

'D'fhéadfá á rá!'

Is dóide go rabhas naoi mbliana d'aois nuair a bhí páirt agam sa tsiúlóid suas ar Shráid Uí Chonaill seachtain na Nollag, muid uilig mar chlann chlainne, agus corrmhalrach ina mhac mhic altrama ina measc, go díreach mar a bhí ionamsa faoin am seo, agus ise, ár Maimeó, taobh thiar dínn uilig, mar a bheadh sáirsint inti. Dá gcloisfeadh muid, 'clé, clé, clé, deas, clé', ní chuirfeadh sin a dhath d'iontas orainn.

Ar aghaidh linn go dtí siopa mór de chuid an Chléirigh le

cuairt a thabhairt ar Shan Nioclás, nó ar Fhear an Hata Stáin, mar a thug sise air, hata nach dtáinig agus nach dtig, cheapfainn, nó cá bhfuil sé le feiceáil, mais?

Ó bhí scuaine fhada romhainn cheana féin, ar dhul isteach sa siopa dúinn, b'éigean dúinn a bheith foighneach. Ach ó bhí luas rithimeach éigin faoin scuaine bhíomar béasach agus réasúnach ciúin, muid ag éisteacht le Maimeó agus í ag cur síos ar an oiread sin fear na hataí stáin gur shíleamar go gcaithfeadh go raibh sí i bhfad níos sine ná mar a thaispeáin ribí dorcha a cuid gruaige nó a haghaidh gan roc.

Faoi dheireadh bhí Peadairín i láthair an fhir ghroí, agus mise taobh thiar de. Céard é mar bhronntanas a bhí i ndán dúinn? Seans ar bith ann gur eitleán a bheadh istigh sa gceangaltán? Tar éis dó bleid chairdiúil a bhualadh ar Pheadairín scaird fear na feasóige báine in airde an tsimléir: 'One small boy'.

Sméid Maimeó, a bhí taobh linn.

Tost. Muid ar bís. Ansin an chliotaraíl, agus an beart ar a bhealach anuas, agus an tailm, nuair a shroich sé cosa an fhir. Tailm mhór aisteach. Deamhan eitleán a bheadh ansin.

Tháinig púic ar aghaidh Mhaimeó mar stoirm i mbéal na gaoithe. Sul má bhí deis ag San Nioclás breith air, i láimh Mhaimeó a bhí sé. Trom go maith a bhí an beart, de réir na cosúlachta, agus Maimeó á láimhseáil, á scrúdú. Céard é a rinne sí ansin ach an pacáiste a chur i ngar agus é a chroitheadh. Ba chóir go mbeadh torann éigin le cloisteáil i gcónaí óna leithéid de bheart, mar a mhínigh sí dúinn níos déanaí, nó bheadh an beart sin faoi amhras mór. Seans nach mbeadh istigh sa mbeart ach 'ubh ghlugair'.

Fuaim dá laghad níor tháinig as an mbeart. Gan a bheith leath ná sásta, rud a chuir a dreach in iúl agus go feidhmiúil, strac sí an páipéar as, mar níor féirín go fuaim.

Ba shin an rud a d'fhág muid scanraithe, ise ag sracadh an pháipéir as an mbeart, scanraithe, is ea, agus náireach, agus fós féin imníoch faoi shláinte ár Maimeó nó an amhlaidh a bhí sí éirithe as a meabhair? Agus céard é a tharlódh anois? An gcuirfí fios ar na Gardaí? An gcuirfí Maimeó isteach sa bpríosún? Nó rud ba mheasa fós, an mbeadh romhainn cur síos ar na himeachtaí seo agus muid ag filleadh ar an scoil tar éis na Nollag, nó go mbeidís ag déanamh fonóide fúinn, go mbeadh orainn ár Maimeó a chosaint le dorn :…

Maidir le San Nioclás, bhí na súile ag dul thar na mogaill air agus é ag breathnú ar Mhaimeó, mar bhí sise ag crith le feirg, léargas aici anois ar chroí an bhirt, mar mhaighnéad mór dearg. Ag dul in anfacht a bhí cúrsaí. D'oscail sí a béal agus rinne iarracht ar labhairt ach theip uirthi. Chualas an focal 'pleib' faoi dheireadh, mar phléascadh. Ansin dhírigh sí í féin agus labhair:

'*That's no present!*'

Anfais agus náire orainne agus fonn orainn rith amach as an siopa a bhí chomh ciúin anois le Magh na Marbh.

An gcuirfí fios ar na Gardaí faoi dheireadh? An mbeadh tuairisc ar an rí-rá ar nuachtáin na maidine?

Ba léir ó fhear na mbalcaisí dearga go raibh a mhisneach tráite is chúb sé ann féin. Bhreathnaigh sé thart timpeall an tsiopa, é ag súil le cabhair ó bhainisteoir nó ó threo údarásach eile, seans, ach níor bhog éinne ina threo. Faoi fhéin a bhí sé, an fear bocht. Agus an lug ar an lag aige ghéill San Nioclás go huile agus go hiomlán, agus gan choinníollacha, do Mhaimeó. De ghuth piachánach labhair sé suas an simléar: 'One small boy'.

A luaithe agus a tháinig an pacáiste anuas bhí sé i láimh Mhaimeó, le hiniúchadh poiblí a dhéanamh de. Rinne sí an croitheadh agus chuala an fhuaim, fuaim a chuir ruaig ar roic.

An scrúdú déanta, thug Maimeó an pacáiste do Pheadairín gan é a oscailt.

'Seo dhuit, a mhac!'

Ghlac Peadairín go buíoch leis agus sheas ar leataobh. Ar aghaidh liomsa ansin le mo bhronntanas féin a fháil. Bleid níor bhuail fear na Nollag orm. Labhair sé arís leis an simléar. Ba rí-léir go raibh an fear bocht sáraithe.

'*One small boy!*'

Choinnigh Maimeó an scrúdú poiblí ar bun go dtí go raibh

beart gliogach sásúil ag gach éinne dínn. Amach linn ansin, Maimeó ina cúlgharda againn ach ionsaí níor dearnadh.

Agus muid slán sábháilte amuigh ar an tsráid thug Maimeó an maighnéad do Pheadairín go déistineach.

'A leithéid do bhronntanas!'

Má shíleas go mbeadh roinnt mhaith maighnéad den chineál céanna, nó de chineál ar bith, ag na daltaí eile tar éis na Nollag bhí dul amú orm. Ceann ná ceann ní raibh le feiceáil ach ár slat draíochta féin, agus 'chaon duine in éad linn, fiú na malraigh a fuair eitleáin a bhí in ann dul go hard sa spéir ach an lián a chasadh agus an leaisteach a theannadh roimh scaoileadh leo. D'eile ach go raibh ábhar breachta againne, mar mhaighnéad.

Ní dóigh liomsa, ná le Peadairín, go bhfuaireamar ó dhuine ar bith, am ar bith, bronntanas a thug an oiread sin taitnimh dúinn ar feadh i bhfad inár n-óige is a bhronn an ní úd, ní a chuir an oiread sin feirge ar Mhaimeó, ise ag ceapadh nár bhronntanas ceart a bhí ann, agus gan gliogar ar bith le cloisteáil ón bpacáiste.

Ar ndóigh, deamhan fuaim a thug sé riamh uaidh, agus é i mbun na draíochta. Nach minic a bhíonn ciúin ciontach?

Angor Pectoris

le Julia Ibarra

Postúlacht, lán postúlachta, flúirse agus iomarca féis, frainsí de fhabhraí, amhairc bhladhmannacha, beola agus gáire de ghearrthóg, go béalbhinn caoindéanta ina chuid abairtí liriciúla, iad go tarchéimnitheach ina ngontacht, 'a niamhrach atá an luí gréine sin,' 'narbh é sin an léiriú fabhlach,' 'féach mar gháifeach an gotach sin,' 'a rómánsaíocht chomh dochreidte'. An phostúlacht agus gan ach postúlacht, an léine fhaonoscailte a thugann léargas ar dhath gréine an chnis, an mhuscalaíocht éachtach, oireann an-luite a gcos don bhríste dubh, de leathar nó de chorda an rí, cosa chomh seang le bean, agus buanbhogadh giodalach an tiarpa, corraí rithimeach na gcromán. A luaithe a shíneann sé iad is ea a chrapann sé méara a láimhe, méara a bheireann suntas, is cosúlacht orthu gur le duine mór le rá iad.

Postúlacht: É ina chara leis na fir is mná de chuid na huasaicme is airde, comhluadar de chuid gailf, de spórt an tsléibhe, d'aistir i luamh. Anois a thagann sé, é bréan den oíche, den bhiotáille agus den ráit. Luíonn sé siar ar an leaba, a aghaidh as a riocht mar thoradh ar ghail an ragairne, a dhreach go

---

Ceithre huaire a foilsíodh *Angor pectoris* sa Spáinn: (i) Ediciones Noegta, Gijón, 1983. *La melodramática vida de Carlota-Leopolda, y otros relatos*, lgh 76–82; (ii) Ediciones Alsa, Oviedo, 1989, *Cuentos de ánima trémula*, lgh 82–87; (iii) Ediciones Cátedra, Letras Hispánicas, Madrid, 1986, *Cuento español de Postguerra*, cnuasach le Medardo Fraile, lgh 273–278; (iv) Ediciones Edelsa, Madrid, 1990, *España cuenta*, eag., Francisco J. Uriz, lgh 48–53.

gloiniúil, a fhéasóg lag is in aimhréidh, ach eisean i gcónaí ina fhear uasal, é ina mháistir go hiomlán, é ina rí ar an teaghlach, agus a bhaill éadaigh á mbaint aige de, is fad a bhíonn siad á mbaint tugann sé orduithe tiarnúla: 'A Irene, múch an solas sin óir ag cur asam atá sé', 'a Irene, tabhair gloine bainne dom, go mbaine sé an nimh díom,' 'a Irene, seachain nach ndúistear na páistí', 'a Irene, athraigh naipcíní Rafaelito, tá boladh uaidh, tá sé bréan' ('ise, ná bíodh aon ghearán uaithi, nach mbronnaim páiste uirthi in aghaidh na bliana'). A mhuicín aoibhinn, a dhamsóir cailce, cosa a dhéanann léimeanna agus coiscéimeanna i mbailé aisteach, ná leag lámh orm, nó scríobann d'fhéasóg mé agus tá fiabhras ar do leiceann de chairtchlár.

Is cuimhin liom lá ár bpósta. Ag breacadh an lae a phósamar, mar b'amhlaidh a theastaigh uaidhsean a bheith go leithleach. Ar dtús, ligeas dom féin a bheith dallta ag foirgneamh tuarúil a cholainne, lena feoil lonrach, í go teann téagartha, colainn chlasaiceach an tsárfhir.

'Dathúil do bhuachaill, a Irene, nach é atá go breá, dea-dhéanta, cumasach, é an-chosúil leis an aisteoir Meiriceánach de chuid na teilifíse a mbíonn gunnán lena chrios,' agus mo mháthair a chuir ceist orm lá, 'cén cineál oibre a dhéanann sé?' agus mise ag gáire, mar a bheinn dulta as mo mheabhair: 'Dada. Ionann é agus amhlóir déanta de pháipéar; ní fhéadfadh sé a bheith ina amhlóir déanta d'éadach, cóiméad d'éagsúlacht dathanna a dhéanann eitilt sa spéir.' Mo mháthair scanraithe: 'Cén chaoi a mairfeas sibh?' 'Níl a fhios agam, mais, de pháipéar, de na dathanna, lig dom, a mháthair, ag iompar mic leis atáim; tá sé dathúil agus lá éigin éireoidh go maith leis sna scannáin nó san amharclann.'

Bí ciúin nó tá an cúigiú mac á iompar agam. Nuair a fhásfas seisean agus na cinn eile déarfaidh siad do chuid abairtí síorópacha féin, tá, 'léiriú fabhlach é sin de *Hamlet*', 'mír dhochreidte é sin den ardeaglais', cé an té gur airigh tú uaidh na habairtí gáifeacha úd, a dhamhsóir den aer? Tusa, nach léann oiread is leathanach den nuachtán, ná léirmheas de dhráma, tusa nár scríobh oiread is trí líne leanúnacha ar feadh do shaoil, ná gur éirigh leat dhá nóiméad de mhachnamh a chur díot id' aonarchas ó thús do bheatha, tusa atá chomh folamh is atá na néalta úd a théann siar is a fhágann bealach nuair a imíonn an t-eitleán trasna na spéire, tusa a n-éiríonn leat fanacht thuas i gcobhar de chuid na huasaicme, a bhuí de roinnt aidiachtaí molta, 'fabhlach', 'dochreidte', 'feiniméanach'. Bheadh trua agam duit, ach ní thuilleann tú é, óir is mar a chéile gach rud duit, imíonn gach ní thar do cholainn théagartha, thar do vearnais d'ola agus d'ungadh gréine atá mar chlúdach ar do chneas. Ní chorraíonn gríosú ar bith thú ná pléisiúr, fiú, leánn tú istigh sna tintreacha ealaíne agus i bpléascadh púdair agus na roicéad de chuid an phroisisiam sna sráidbhailte. Is í seo do dhathúlacht, sin amháin, agus do ghotha, a mheallann, mar a mhealladar mise, agus meallfaidh siad a thuilleadh fós.

Ar ball, míneoidh mé do mo mháthair go bhfuil m'fhear céile fós gan obair, ach nach n-oireann sé don stáitse, agus sin in ainneoin dá bhfuil de luascadh na gcromán aige, leis an oiread sin nirt is rithime. Diúltaíodh dó san amharclann, a mháthair. Lig dom tríd, a dhoirseoir, nó is mise bean chéile Don Rafael Otero de Torrevieja, agus táthar chun teist ar leith a thabhairt dó; tig liom é a shamhlú ina luí i gcathaoir, é pas beag mílítheach in ainneoin a bhfuair sé de dhath na gréine sna sléibhte, oibríonn sé a lámha os a chionn, cuireann sé na méara idir iad agus léas, déanann sé V-eannaí móra sna ladhracha, glacann sé leis an masc tragóideach de chuid Laurence Olivier; beagnach dorcha atá an stáitse, leathscáil thrócaireach a réscaipeann ceannaithe an neach bhoicht chaoindéanta, agus an stiúrthóir: 'Aithris' ar seisean, 'tosaigh arís. Níos airde fós. Athraigh an modhnú. An script sin, cuir lena héagaoin.' Agus mo laoch seo, tosaíonn sé ag siúl go tuisleach, cuma thinnis air, agus tonnchritheann an chathaoir, mar a bheadh sióg fuithi agus í i mbun na gcleas, agus eisean, tagann laige air, agus níos déanaí leánn sé, sleamhnaíonn sé, agus beagán ar bheagán titeann sé ar an urlár. 'Beir air tá sé ag titim, tá sé tite.' A ghamail, a Hamlet áiféisigh, ná goil a thuilleadh, éirigh, amach linn óir ní oireann tú dá leithéid. Theip ort san iarracht in ainneoin an stiúrthóir a bheith mór le m'athair agus gur thairg sé an uain bheo duit. Agus anois, céard a dhéanfaimid? Féach mar tá an saol, a mháthair. Ceithre bliana atáim pósta leis an taibhse préacháin seo de sheaicéad sealgaire agus bríste leathair agus cheana féin tá ceithre ghin ann, tiocfaidh an cúigiú agus ní bheidh sos ag an arrachtach aineolach seo. Agus fiafróidh tusa díom céard é a ba chóir dom a dhéanamh. Theip air san amharclann, d'inis mé sin cheana. Sa chineama, tharla rud mórán mar a chéile ach níos measa fós. Lig isteach dom, a dhoirseoir, nó is mise bean chéile Don Rafael Otero de Torrevieja agus táthar le promhadh a chur air. Cheana, tá an dreachadh déanta, clipéad a chur chun na súile a mhéadú, agus fabhraí bréige, é anois mar chuid súl chách, táthar á ullmhú do ghothaí éagsúla an rifínigh, ag teacht i ngar do réaltóg na todhchaí atá na ceamaraí, ag bogadh thart timpeall airsean atá na spotsoilse ollmhóra. Cuirtear os a chomhair bé thámhach, an réaltóigín ar a seal, agus iarrtar air a cholainn a bhogadh go hanghrách agus í a phógadh ar a beola. Agus seo an breithiúnas: Ní phógann sé go maith, ní thig leis páirt an rógaire a imirt — cé a chreidfeadh a leithéid! Cé mar thubaiste! Deora an oilc agus an éagumais ag sileadh, néal dubh déanta de chumasc na ndeor agus an chlipéid agus istigh anseo is ea a leánn an dreachadh, a dhathanna caillte, agus beireann an t-iomlán na fabhraí bréige leis. Mar sin, agus an chuma sin air, rinne sé mar a bheadh bosca ceoil ann, sraith snaganna. D'fhág sé an láithreán, agus fad a bhíomar ag dul síos san ardaitheoir b'amhlaidh a tháinig laghdú ar a ghol, agus nuair a shroicheamar an tsráid bhí sé chomh sásta agus chomh haerach is a bhí riamh agus a chrománg ag luascadh mar ba ghnách dóibh. Bhí na fabhraí bréige crochta ar ribí na féasóige, b'fhéidir ar ball go dtitfidís ar mharmar laiste an doirseora, ar leacracha na sráide, nó go n-eitleoidís suas san aer, mar a bheadh cuileoga greannacha.

'Oifig, ná labhair liom ar oifig,' ar seisean lá. 'Cuireann uimhreacha mearbhall orm, agus meadhrán orm a chuireann an roinnt.' 'A phleidhce, inniu tá an t-inneall áirimh ann nach dtógann mórán spáis, i bpóca an bhríste a chuireann tú é agus tá tú i gceart.' Agus eisean: 'Níl sé uaim, éirím an-bhreoite agus gan ach na huimhreacha a fheiceáil, tagann babhtaí uafásacha mígréine orm.' 'Ceart a thaisce, fút féin é, mar sin.' 'Tiocfaidh uain éigin, a mhuirnín.'

Eisean an muirnín, an cneas dóite ag grian sléibhe nó trá agus mise, idir an dá linn, ag titim le lobhadh sa mbaile leis an gceathrar, gach duine díobh síondaite agus fionn, mar atá an t-athair. Féach mar a dhamhsaíonn Teresita ar na barraicíní, féach mar a chasann sí timpeall d'fhuaim na gceirníní, cuma chaisil uirthi, agus a leithéidí de phocléimeanna is de chastaí an tsorcais. Agus Luis agus Sonia, iad chomh beag sin, agus a solúbtha atáid.

Lá éigin, fillfidh tú agus an cúigear dínn marbh romhat as éalú gáis. Casaim eochair an gháis agus in achar gearr, sin é é. Ní éisteann seisean. 'A áille, a stóirín, nach dtugaim páiste in aghaidh na bliana duit. Cé mar bhronntanas! Ná bí ag clamhsán. Duine fiúntach mé. Mac feiniméanach atá ionam. Is é atá i gceist nach dtuigeann tusa mise agus go ligeann tú tharat a bhfuil i m'intinn.' 'Ní ligimse, a phiteog, ní ligim. Istigh id cheann tá páipéar daite agus leathdhosaen d'aidiachtaí le caitheamh thart. Cóiméad atá ionat, ar airde íseal, is ar ghearreitilt, tú i d'áilleagáin do ghasúir. Máistir óg an tí, déanta de thinsil, neach maiseach, pearsa de chairtchlár de chuid *falla valenciana*.'

Agus an machnamh domhain sin ar siúl agam, is é a ligeann dom sciorradh síos ar rampa na díomá. Tá breacadh an lae thart is an teach ina dhúiseacht ag screadaíl agus caoineadh na ngasúr. Eisean amháin atá fós ina chodladh cé gur ardaigh mé na dallóga Veinéiseacha agus goimh orm chun an torann a ligean isteach. Gabh i leith, éirigh leat, mar ní theastaíonn uaim pictiúr do dhúiseachta a chailliúint, do chuntanós á oscailt, é fós plúchta ag an suan, do shó de cheannaithe a chaitheas tú a chrapadh le céad teagmháil sholas an lae.

Chomh trom sin atá do shuan go n-éiríonn leis buillí do chroí a shú mar a bheadh aigéan ann. Fuar atáir, is do lámha mar a bheadh oighear. Agus an chrainc aisteach úd de phian is de shamhnas ar do bheola. Arbh é boladh chac Rafaelito a ba chúis leis? Ach céard atá ag tarlú? Anáil gan tarraingt. Colainn gan chorraí. Caillte, ab ea? An amhlaidh atá m'fhear céile marbh, athair mo chlainne? A dhochtúir, mise bean chéile Rafael Otero de Torrevieja. Déan deifir chugainn sa ngluaisteán gan mhoill. Tá m'fhear céile éirithe go dona … Creidimse go bhfuil sé marbh. Más é bhur dtoil é, a chomharsana, bailígí le chéile i mo theach. Cabhraígí liom … M'fhear céile … Cé tá á rá agat, a dhochtúir? … Nach féidir rud ar bith a dhéanamh? A thiarcais! Cén chaoi ar féidir …? Cinnte, míneoidh mé gach rud atá uait, a dhochtúir. Chaith mise an oíche sa leaba taobh leis, ach níor chodail mé néal. Ceapfaidh tú gur rud seafóideach uaim é, scaipeacht éigin, ag an nóiméad seo, mé ag machnamh, mé ag casadh thart timpeall cineál éigin gigolo, bábóg de chairtchlár, sárlaoch de chuid *falla valenciana*, atá tar éis é féin a dhó agus níor airigh mise ochlán ar bith. Chuaigh sé i luí i ndeireadh na hoíche is é an-tuirseach. 'A Irene, múch an solas sin, a Irene, tabhair dom gloine uisce, a Irene, athraigh naipcíní Rafaelito, tá boladh uaidh, tá sé bréan,' agus mise, rinne mé mar a d'ordaigh sé. Anois inis dom, a dhochtúir, céard é ba chúis lena bhás? Cén chaoi … Ní thuigim i gceart. Ar mhiste leat é a athrá liom? *Angina pectoris*? … Sin an rud is áiféisí dar chuala mé le mo linn. Ná bíodh olc ort, ná glac múisiam leis. Níl mise in amhras faoi do chuid eolaíochta ach cuireann an tátal ionadh orm. Is deacair dom a chreidiúint go bhfuil m'fhear céile tar éis bás a fháil den tinneas céanna is a leagann feidhmeannaigh, fir ghnó, na neacha tábhachtacha úd uile a fhágann teach is eile ar maidin san eitleán le filleadh an oíche chéanna, iad gléasta i gculaith dhorcha fhoirfe, iad ag iompar sa deasóg an tiachóg *nécessaire*. Riamh, ní raibh ann ach puipéad. Ná bíodh sé ag goilleadh ar an gcluais, a dhochtúir, cén fáth go múchfaí an fhírinne? Nach bhfuil na dochtúirí ina n-aithreacha faoistine? Théadh sé a chodladh go moch is go mall. Bhíodh sé ina shuí faoi am an dinnéir, gan lámh chúnta a thabhairt sa mbaile, gan a bheith ag obair lasmuigh den teach. Má ghoil sé, agus rinne sé gol, triomaíodh na deora gan mhoill. Ciúnas, a ghasúir, ciúnas. Ná tosaigh tusa ag damhsa anois, a Theresita, ach tá *papa* tar éis bás a fháil as aingine chléibhe.

Amach anseo, nuair a bheas sibh mór, tig libh a fhoilsiú do cheithre hairde na cruinne go bhfuair bhur n-athair bás ag breacadh an lae as *angina pectoris*, agus ní beag sin. Is í an oidhreacht í, an cháil, mar bharr ar an dathúlacht atá fágtha dhaoibh ag Rafael Otero de Torrevieja.

Caidreamh

Ag obair ar ghaireas nua atá Pádraig, nó sin a deir sé. Gaireas é a dhéanfas smaointe a aistriú go focail, más fíor. Teicneolaí i gcúrsaí leictridinimice atá ann, bail ó Dhia air.

Lá amháin, b'amhlaidh a chrom sé síos chugam agus a bhéal i ngar do mo chluas agus labhair mórán ar an dóigh seo, tar éis dó an turgnamh a mhíniú: 'Ceapann an saol nach bhfuil ionat ach beatha gan intinn ach ceapaimse féin go bhfuil an inchinn beo bíogach ionat i gcónaí mar san áit sin atá croí an fhuinnimh agus ní fhéadfá a bheith beo mar atáir gan an scéal a bheith amhlaidh, agus is cuma sa diabhal céard é a deir na dochtúirí. 'Lean leat de bheith ag machnamh ar rud ar bith a chuirfeas gliondar ar do chroí. Téigh leat siar ar na cuimhní is fearr leat agus bí ar do mhian. Agus leanfaidh mise ar aghaidh leis an tástáil seo, agus luath nó mall beidh léargas agam ar na smaointí sin.

'Cheana féin, tig liom do smaointí a chloisteáil mar a bheadh cuisle leictreach, má thuigeann tú leat mé, óir gach rud a dhéanann an cholainn is trí na cuislí leictreacha a oibríonn sí.

'Tá a fhios agam nach dtig leat aon chomhartha a thabhairt le cur in iúl go dtuigeann tú mo chuid cainte toisc gur mar sin a d'fhág an galar thú; ach ná bí buartha mar is gearr go mbeidh muid ag labhairt lena chéile arís.'

Chualas fuaim éicínt ansin uaidh, fuaim nár fhéad mé a thuiscint. Caoineadh, b'fhéidir. Gáire seans. Ach ansin lean sé leis: "Sea, mais, beidh caidreamh eadrainn beirt arís agus chomh

bríomhar is a bhí sé uair ar bith fadó, nuair a bhí tú ar bharr do
mhaitheasa, bail ó Dhia ort; agus gan mórán moille ina dhiaidh
sin beidh ar ár gcumas an tseift seo a chur ar fáil don domhan
mór, agus ceangal na cumarsáide a athbhunú idir na mílte othar
agus a muintir, rud nár mhiste, a athair!'

Phóg sé mo bhaitheas agus d'imigh leis, agus an trealamh úd
faoina ascaill aige, is dócha.

B'fhíor do Phádraig. Ní thig liom aon chomhartha a thabhairt,
mar b'amhlaidh a d'ídigh an galar seo na matáin, diaidh ar
ndiaidh, sa chaoi nach bhfuil ach corrcheann díobh slán go fóill,
mo bhod san áireamh, an gcreidfeá é sin? D'eile nó tá an-tuiscint
go deo ag an Nádúr don ngreann, Dia linn! Ach le fada fada an
lá tá an teanga ina tost, agus an slogadh féin sáraithe, agus
b'éigean dóibh poll a oscailt i mo chliabhrach le mé a bheathú is
a choinneáil beo.

Dall ar fad atáim ar chúrsaí an domhain, ní áirím cúrsaí an
lae, agus nílim cinnte uair ar bith an bhfuil sé ina lá nó ina oíche,
gan trácht ar laetha na seachtaine ná, go deimhin, dátaí. Ní fhaca
mé nuachtán ar bith le fada. Dá mbeadh ceann ar fáil anseo níor
mhór do dhuine éicínt é a léamh dom. Ach, sa gcás sin, ní
bheadh a fhios aige cé acu i mo dhúiseacht nó i mo chodladh a
bheinn. Ach ní bhacann siad lena leithéid, ar ndóigh. Creideann
siad na dochtúirí go bhfuilim de shíor gan urlabhra, gan aithne.

Is fíor go bhfuil raidió le cloisteáil — nó le fulaingt — ó am
go chéile sa seomra seo. Níor airigh mé riamh nuacht ar bith
uaidh ach glafaireacht nó gliofaireacht, nó glagreim gré, más
maith leat; agus ní mé an Dradam Ó Dré é, an té a bhíonn ag
bladaracht, nó Glé, nó Gliogram Ó Gleo é: ach is mór an
faoiseamh é nuair a mhúchann an bhanaltra an gléas damanta
céanna.

Más buan mo chuimhne bhíodh ceol, fíorcheol, ar fáil ón
raidió agus mé i mo shláinte. Tá a fhios agatsa cén cineál sin atá
i gceist agam, an cineál a thaithnigh leat féin, a Phádraig, mar atá
Beethoven, De Falla, Handel, Debussy, Ravel, Haydn, Granados,
agus a lán eile díobh, agus lena chois sin, a Phádraig, an ceol

Gaelach, a pheata; agus má éiríonn leat riamh mé a chloisteáil agus a thuiscint, a stór, tabhair deis dom arís bheith ag éisteacht leis an gcúigiú de chuid Beethoven, agus le *Ó Riada sa Gaiety*. Sin ar a laghad.

Maidir leis na fuaimeanna atá ag teacht amach ón raidió úd ar na saolta seo, agus an cineál sin cainte a thagann rompu nó ina ndiaidh, caithfidh go bhfuil gach ní ag athrú as cuimse mar ní thuigim tada. Céard é atá ann, dáiríre? Creach? Súnás fothramála? Fothramáil súnáis? Cacofhónaíocht? Cac, ar aon chaoi!

Ach rud é, is cinnte, atá ag dul i bhfeidhm go mór ar an mbanaltra atá ina suí ar mo leaba, bean óg, cheapfainn; tig liom í a shamhlú agus sciorta go dtí na másaí aici. Tá sí ag bogadh is ag luascadh mar a bheadh nathar inti; agus tá tochas uafásach orm, a Phádraig, tochas a mharós mé, a mharós mé, an dtuigeann tú, a Phádraig?

Is dócha go gceapann an sagart nach bhféadfainn peaca ar bith a dhéanamh agus mé mar atá! Ach cuir fios arís air, a Phádraig, mar is é a bhí dulta amú, agus go mór, mar tá an intinn beo i gcónaí agus í ina cime ag an ngalar seo.

Más dona an bhean óg sin, agus an tochas a chuireann sí orm, agus an peaca a dhéanann mo shamhlaíocht, is measa an chuileog atá ina suí ar mo ghnúis. Tochas de chineál eile ar fad, a Phádraig, agus leanfaidh sin ar aghaidh, do mo chéasadh, chomh fada agus a oireann sin don chuileog seo atá ag fiosrú m'éadain.

Ar ndóigh, tig liom a shamhlú céard é atá it' intinn, a scraiste, is tú ag gáire, gan amhras. Agus dá mbeadh úsáid na lámh agam bheadh sí ruaigthe agam gan mhoill ar bith. B'fhéidir gurb é seo mo phionós, é seo a fhulaingt gan doicheall, is a bheith buíoch den deis.

B'fhéidir leis an am go mbeinnse mar atá na bacaigh a chonaic mé an oiread sin amantaí ar thaobh an bhóthair i dtuaisceart na hAfraice, lámh sínte amach don déirc is gach cuid den cholainn atá leis clúdaithe ag cuileoga, is é gan chorraí. Nach é an t-am an múinteoir is fearr?

Fadó, mé sínte amach anseo, go moch ar maidin, bhíodh mo shúile ar oscailt corruair, agus d'fheicinn, mar a dúirt Oscar bocht, an paiste gorm úd ar a dtugann muide, na cimí, spéir: agus chuirinn fáilte roimh chuileoga is iad ag spraoi le gathanna na gréine, mé ag déanamh iontais den luas a bhíodh fúthu, dá gcuid aclaíochta agus iad ag eitilt, iad ag stopadh is ag casadh fó chlé nó fó dheis, iad ina mbasanaí amach is amach ar an aer, iad i bhfad níos cumasaí san ealaín sin ná an fiolar, ná an seabhach, ní áirím an píolóta bocht daonna.

Nach iomaí rud atá le foghlaim uathu siúd go fóill, a Phádraig? Agus nach aisteach an ní é nach dtig linn go fóill a gcuid fuinnimh a úsáid ar ár leas féin?

Cloisim do gháire! Ach tusa, mar bhradán feasa, bail ó Dhia ort, clú is cáil ort mar theicneolaí, ná habair nár smaoinigh tú riamh faoin oiread sin fuinnimh atá imithe amú ar na bóithre agus na mílte gluaisteán ina sodar de shíor ar a ndromchla siar soir, ó dheas ó thuaidh, gan stop ná cónaí, mar a deireadh an seanchaí.

Fadó, le mo linnse, baineadh feidhm as fuinneamh na gcarranaí le soilse tráchta a chur ag obair. Ná habair, a Phádraig, nach bhféadfaí a leithéid de chleas a úsáid le leictreas a ghineadh. Cuir isteach sa mheá an oiread sin milliún punt a chaitheann muintir na hÉireann ar bhreosla eachtranach, airgead a d'fhéadfaí a chaitheamh slí eile, ach fuinneamh na mbóithre a stiúradh isteach i ngréasán leictreach na tíre agus, sa chaoi sin, deireadh a chur le béal bán an rialtais.

Ar ndóigh, agus an ceart ar fad agat, ba chóir an ghaoth a úsáid i bhfad níos forleithne ná mar atá, agus an tír is gaofaire ar domhan, nach mór, faoinár smacht.

A dhiabhail! Cloisim ag teacht arís í is a cumhrán múisc i mo pholláirí. Seo anois í agus í beagnach ina luí ar mo leaba. Ní fada a bheas ag dúiseacht an diabhal raidió agus í ag bogadh is ag luascadh mar a bheadh nathar.

An in Ifreann atáim nó cén chaoi a éalós mé, in ainm Chroim?

Tosaíochtaí

Maidrid

'Níl fhios agam cén sort Éireannaigh atá ionat, nach mbeifeá sásta dul amach ag ól le duine.' Ghoill an chaint orm. Bhíos chomh hÉireannach agus a raibh gá leis, dar liom, agus mé na céadta míle ó bhaile. Fanacht istigh a bhíodh uaim an tráth sin, san oíche, leabhar im láimh, iarracht éigin a dhéanamh le feabhas a chur ar mo chuid Caistílise, nó rud beag fiúntach a scríobh, b'fhéidir.

Agus lena chois sin bhí a fhios agam, agus go rí-mhaith, céard é a bheadh i ndán dom dá ngabhfainnse amach in éindí leis, mar ól. An chianóg rua fhéin ní bheadh im phóca agam faoi dheireadh na hoíche nó cinnte bheinn gann ar airgead agus ar thobac go deireach na míosa. Agus bheinn tinn, an-tinn go deo, mar ní tinneas go tinneas fíona. Níor dhuine mé riamh a d'ólfadh níos mó ná pionta nó dhó oíche ar bith agus mé sa mbaile. Ach an Diarmuid seo, d'ólfadh sé an Éirne agus an tSionainn ina dhiaidh sin, mar a deirtear, agus a thuilleadh fós, dá bhfaigheadh sé an deis.

Ach mar sin féin bhí trua agam dó, é ag dul amach san oíche i Maidrid agus gan duine ná deoraí — go háirithe deoraí — dá chuid féin, dá mhuintir fhéin, dá theanga agus dá dhúchas féin, ina chuideachta.

'Rachaidh mé amach liom féin, mar sin,' a deir Diarmuid. 'Tiocfaidh an *limpiabotas* liom. Sin an fear dílis,' agus bhreathnaigh sé orm go gruama, ach ar fiar.

Bhí ag éirí leis. Mar anois, chomh maith leis an trua a bhí agam dó bhí an náire do mo mhúchadh. Caithfidh go raibh a fhios sin ag an diabhal, freisin, mar is dual don phéintéir a bheith géarchúiseach, go háirithe agus portráidí san áireamh ina chuid ceirde, é ar a dhícheall teacht ar shíceolaíocht an duine faoina bhráid, ar ais nó ar éigean, leis an ngné sin a chur in iúl, ar bhealach nach dtig leis an gceamara a choíche.

'Roinnfinn cuid den oíche leat,' a deirim, 'ach mé a bheith teann im phóca. Chomh maith leis sin, tá gearrscéal im chloigeann le seachtain agus mura scríobhaim …'

'Ná bí imníoch faoi chúrsaí airgid, a mhac,' ar seisean. 'Nár dhíol mé pictiúr inniu le Don José ón gcaifé? Tá na fiacha glanta agus tá pictiúr eile uaidh. Tá ábhar ceiliúrtha …'

'Teastaíonn uaimse a bheith sa leaba faoi am reasúnta,' arsa mise. 'Abraimis, faoi mheán-oíche.'

'Yera, tusa is do mheán-oíche … Maith go leor, a mhac. Bí id Chindireile faoi mheán-oíche, más mian leat. Ach ná bí ag ceapadh go ndéanfainnse …'

'Ceart go leor, a scraiste. Agatsa a bheas mé i gceann meandair.'

'Déan deifir, mar sin.'

Réitigh mé mé fhéin. Chuireas leabhar beag filíochta im phóca, ar eagla an leamhais. Bhreathnaigh ar mo chló sa scáthán. Gearradh gruaige de dhíth orm, b'fhéidir; ach murach sin ní rabhas ródhona. Nó beagnach dathúil: Gruaig fhionn, súile gorma, gan fiacail fós in easnamh im dhraid. Portráid den ógánach agus é ina amaid, arsa mise liom féin, é ag dul amach ag ól i mbaile mór coimhthíoch in éindí le hamadán eile.

Bhreathnaigh mé orm féin arís sa scáthán agus thosaigh neach éigin ag caoineadh istigh ionam. Uaigneas. Cumha. Fonn orm bheith i dteannta le bean óg tuisceanach. Ach, breathnaigh: Ní san oíche a théadh na béithe amach an tráth sin, san áit sin, dá mbeadh clú nó cáil ag baint leo. Na bantíogair amháin, a mhac.

Tiger, tiger, shining bright
In the darkness of the night…

'Bhfuil caoi ar bith ort?' I sainard a ghutha a scread sé, gan aird dá laghad aige ar dhaoine eile sibhialta nach raibh uathu an tráth sin den oíche ach a scíth a ligean.

Dheifrigh mé síos chuige.

'Ní call duit an teach a dhúiseacht,' arsa mise.

'Bíodh an fheamainn acu,' ar seisean. 'Tá Carlos ag fanacht.'

Ba é Carlos an *limpiabotas*, an fear a chaith a shaol ag cúbadh faoi uasal is íseal, ag glanadh a gcuid cosbheart is ag maireachtáil ar luach a shaothair. Fear deas réidh as Pamplona, an bairéad dearg i gcónaí ar a chloigeann is é ag siúl amach san oíche.

'Tá aithne agat ar Charlos?' arsa Diarmuid.

'Tá, mhuis. ¿Que tal, Don Carlos?'

'Bien. Muy bien. ¿Y tu?'

Caithfear tosú de réir na rúibricí, ar aon chaoi, *cliché* ar *chliché*. Ach chuir muid a leithéidí taobh thiar dínn nuair a thosaigh an fíon ag cumasc leis an bhfuil, is nuair a thit na laincisí a bhí ar ár dteangain. Scaoil amach an pocaide. Scaoil leis.

Ó *thasca* go *tasca* — ó *pub* go *pub* — linn, ag ithe is ag ól, mar bhí na *tapitas* — giotaí beaga cáise, blas beag éisc nó ruainnín beag feola — ag tionlacan gach deoirín den fhíon dearg. Nó ba chóir agus ba chirte a rá gur mise a bhí ag ithe, mise im aonar agus, maidir leis an ól, de réir gach cosúlachta, sin á dhéanamh go hamaitéarach. Ba iad an dá bhoc eile a bhí ag ól go gairmiúil, go proifisiúnta.

'Chomh mór le muic a bheas tusa,' arsa Diarmuid, 'má leanann tú de bheith ag slogadh siar an uafáis sin. Dia dár réiteach! Dá bhfeicfeadh do mháthair thú!'

Ach ba chuma liomsa. Ocras a bhí ormsa. Tart, dealraíonn sé, a bhí ar an mbeirt eile.

Ní raibh muid rófhada ar an ealaíon sin gur shíleas go rabhas sách, maidir le bia agus maidir le deoch, ach deamhan comhartha a bhí ar an mbeirt eile go raibh a sáith acu fós ach a mhalairt ar fad. Ar an gc*oñac* a bhí tóir acu anois, ní ba mhinicí, de réir a chéile. Ba shin leaid go rabhas féin airdeallach go maith faoi mar gheall ar rud a tharla dom agus mé gan ach seachtain sa

Spáinn. Rud a dteastaíonn uaim dearmad glan a dhéanamh de, mar ghriolsa.

Ní i bhfeabhas, dar liom, a bhí an chaint is an comhrá ag dul anois, ach a mhalairt ar fad. Is beag a bhí agam le bronnadh ar an gcomhrá céanna. Tar éis tamaill thuigeas nach rabhas ann anois, ar chor ar bith, chomh fada is a bhain sé le caint is caidreamh na beirte udaí. Troscán, más maith leat, a bhí ionam. Thógas amach mo leabhar agus thosaigh ag léamh: *Verde, verde, que te quiero verde.* Cén chaoi a gcuirfí Gaeilge air sin? Nach bhfuil fadhb ag baint leis an nglas agus leis an uaithne i gcónaí sa teanga seo againne? Glasuaithne, glasuaithne...

Seans gur thit néall orm agus, más ea, ba é Diarmuid a dhúisigh mé.

'A dhiabhail, ná habair gur id chodladh atáir! An leabhar a chuir an suan ort, mise i mbannaí ort! 'Spáin dom é. Filíocht, a Chríost.' Carlos, breathnaigh anseo. *Mira lo que estaba leyendo, poemas de García Lorca.*'

'*Maricón,*' arsa an bairéad dearg.

'Tá sé ag éirí an-deireanach,' arsa mise.

'Níl sé ach a haon déag nó mar sin.'

'Gabhaimis abhaile, in ainm Dé.'

'Rófhada atá sé uainn. I Maidrid atá muid, a mhac. Am naofa na hoíche ag druidim linn. Tá mná de dhíth orainn. *Mujeres.* Anois, deoch an dorais ... *y vamanos.*'

'Mujeres,' a deir an bairéad dearg agus rinne sé gáire. Den chéad uair an oíche sin chonaic mé an déad cailce, agus na súile móra ramhra ag damhsa ina aghaidh. Mar a bheadh earc luachra ann, tháinig an teanga amach go tapaidh, ag fliuchadh na mbeola, agus ag imeacht as radharc chomh sciopta céanna.

'Fág fumsa é,' a deir Carlos.

Fuair agus d'ól muid deoch an dorais. Ghlan muid costas na ndeochanna agus amach linn ar an tsráid. Ní fada gur tháinig teacsaí. Stop Carlos é agus labhair sé leis an tiománaí. Isteach linn. Turas gearr. Amach linn arís. Ag Carlos a bhí fios a bhealaigh.

Níor aithin mé an ceantar ach beo le slua mór daoine a bhí an tsráid. D'aimsigh sé an teach; bhuail ar an doras; dúirt rud éigin leis an doirseoir; agus isteach linn triúr. Céard é a dhéanfainn ach iad a leanúint? Labhair Carlos os íseal leis an mbean a d'oscail an doras. Bean aoibhgháireach mheánaosta ach dathúil go maith. Sméid sise agus bhreathnaigh orainn. Gháir mise len í a chur ar a suaimhneas. Club oíche de chineál éicínt, arsa mise liom féin. Iad airdeallach faoi na póilíní, seans. Shiúil sí léi agus muide ina diaidh. Chuirfeadh sí nathar i gcuimhne, an siúl a bhí fúithi. Gúna fada fíondearg á chaitheamh aici agus cuid mhaith den droim mharmair agus don bhrollach nocht. Gruaig chatach dhubh go dtí na guaillí uirthi.

Bhreathnaigh mé thart timpeall. Teach na n-uasal, de réir dealraimh, a bhíodh ann, *décor* dearg agus óir, scátháin gach áit den chineál úd *rococo*, brat tiubh urláir, sa chaoi nach gcloisfeá na coiscéimeanna, agus na soilse beagnach múchta, shílfeá, rud a bhronn cuid éigin den mhistéir ar an áit. Bhíos ag súil le ceol rince ach níorbh shin an rud a chuala mé ach fonn bog maoithneach agus sin chomh híseal céanna is a bhí na soilse.

Agus í ag siúl in éindí le Carlos anois, iad ag geabaireacht go fonnmhar lena chéile, níor fhéad mé mo shúile a bhogadh ó mharmar úd na nguaillí agus an droim álainn. Bhí cumhracht éigin á chaitheamh aici, freisin, a tháinig thar n-ais chugam mar phuth gaoithe meisciúil agus í ag bogadh léi, nó ag sníomh, b'fhéidir, óna cuid gruaige nó óna cneas, rud a chuir le draíocht na hoíche. Leis an bhfíon, seans?

'Meas tú an bhfaigheadh muid braon fuisce nó deoirín féin den coñac?' arsa Diarmuid i gcogar.

'Is dócha gur teach rince é seo,' a deirim. 'Caithfidh go bhfuil deoch ar fáil ach má bhíonn féin bí cinnte de gurb é a bheas daor go maith.'

'Is cuma liom. An dteastaíonn uaibh go bhfaigheadh mé bás le tart? I dtigh diabhail leis na damhsaí. In ainm Dé, cá bhfuil an beár?'

Smid níor fhreagair mé. Ar éigean a chuala mé a ghuth caointeach. Ar an marmar cumhráin a bhí m'aird, sin, agus ar an tóinín triopallach faoi. An fíon, gan amhras.

Ní rabhamar rófhada á leanúint gur shroich muid halla beag, gur labhair sí le bean óg agus gur chuir cogar i gcluais Charlos. In airde staighre leathan bíseach leis an mbean óg agus i gceann nóiméid bhí sí thar n-ais inár measc agus slua ban óg in éindí agus gan mórán éadaigh á chaitheamh acu. Ar ndóigh, bhí an oíche sách te …

Ach ansin chas Carlos orainne, straois mhór ó chluais go cluais air, agus dúirt: 'Bíodh bhur rogha agaibh anois, a bhuachaillí. Plúr na mban óg ar bhur seirbhís!'

Ba ansin, go hobann, a thuigeas cúrsaí. Céard a dhéanfainnse? Céard é a dhéanfadh an bheirt againn? Bhí muid gafa.

Shiúil siad suas agus shiúil siad síos, mar a bheadh seó faisin ar siúl acu, chun go mbeadh léargas maith againn ar a raibh le ceannach. Chuimhnigh mé láithreach ar aonach na mbó sa mbaile. Gháir siad inár dtreo. Chuireadar in iúl dúinn go raibh fáilte romhainn agus go rabhadar sásta rud ar bith réasúnta a dhéanamh le muid a shásamh. Bhí cuid díobh beag agus bhí cuid eile díobh mór. Bhí gruaig ghearr ag cuid acu agus gruaig fhada ag an dream eile; ach gruaig dhubh ar gach aon duine díobh. Chuaigh teas na háite agus brothall na hoíche i bhfeidhm orm. Thosaíos ag cur allais. An fíon, gach uile sheans.

Ba chosúil nár thuig Diarmuid cúrsaí fós.

'Meas tú,' a deir sé, 'cá bhfuil an diabhal beár?'

'Drúthlann atá san áit seo,' arsa mise. 'Tá muid gafa agus i ndol ag an *limpiabotas*.'

'Grúdlann? Go maith. Thar barr.'

'Drúthlann, a dúras, a amadáin. Le D. Drúthlann. An dtuigeann tú?'

'Mhaise, ní thuigim.'

'*Casa pública. Casa de putas. Bordello.* Teach craicinn.'

'Ab ea?' Rinne sé gáire. 'Caithfidh go bhfuil beár acu, mar sin. Deoch atá uaim. Ar dtús, ar aon chaoi.'

Thosaigh Carlos ag labhairt le duine den bhantracht, cailín beag bídeach, cosúlacht Sínigh uirthi, cíocha beaga uirthi agus másaí móra, agus súile móra ramhra a chuirfeadh bó i gcuimhne agus í ag breathnú thar chlaí.

In airde an staighre leis an mbeirt díobh. Maidir leis na mná eile bhí deireadh anois leis an bparáid. Ag labhairt os íseal lena chéile a bhíodar anois, iad ag caitheamh corr-stracfhéachaint orainn ó am go chéile.

Ach bhí bean an tí — *madame*, gan amhras — ag éirí mífhoighneach. Faoi dheireadh, chas sí chugainn, ceist ar a malaí agus ar a beola: 'An bhfuil na *señores* sásta len a bhfuil feicthe acu? Cé acu de las *señoritas encantadas* a mbeadh sé d'onóir is de phribhléid acu freastal ar mhian na ndaoine uaisle?'

'Céard deir sí?' a d'fhiafraigh Diarmuid.

'Caithfidh tú bean a roghnú ... don leaba ... is eile,' arsa mise.

Tháinig athrú ar a dhreach. Cúpla nóiméad ó shin, ar nós cuma liom a bhí sé ach anois thuigfeadh an domhan agus a mhac (nó a iníon) go raibh sé míchompordach, thar a bheith míchompordach, hob ann, hob as.

B'éigean domsa rud éigin a dhéanamh láithreach, chun a bheith áit éigin eile nuair a bheadh an *confrontation* ann idir Diarmuid agus *madame*.

'Maidir liom féin,' a deirim, mé mar a bheinn ag ceannach bó nó a leithéid, glacfaidh mise le bean na gcosa fada... ise,' agus shíneas méar ina treo. Bhí sí taobh liom láithreach agus chuaigh muid in airde an staighre.

'Y *usted*,' arsa *madame* le Diarmuid. 'Céard é do mhian?'

'No *puedo, no puedo*, ní féidir ar chor ar bith.'

Mhoill mise ar an staighre ach gan mo cheann a chasadh. Céard a dhéanfadh *madame* leis an bpleidhce seo?

Níl fhios agam céard é a thuig sí, go raibh sé ólta nó go raibh a mhian áit eile, sin nó nach raibh an gnó sin ar a chumas riamh. D'fhan sí nóiméad gan focal a rá. Ansin: '*Pobrecito. Pobrecito.*' An créatúr bocht.

An Fhaíreach

Faíreach shoiléir ghlórach — glao ghéar mhaslaitheach — a bhí inti. Mar a bheadh saighead nimhneach ann a tháinig sí. Go caol díreach a d'aimsigh sí sprioc. Réab sí a bealach isteach go smior agus go smúsach agus go dtí an t-anam féin. Ise an t-aon duine amháin ar an tsráid, de réir gach cosúlachta, seachas lucht na fonóide, na stocairí sráide udaí. Chaithfí gur fúithi a bhíodar, na scraistí. Nó an bhféadfadh aon dul amú a bheith uirthi? Faoiseamh beag a bhí sa smaoineamh, é bunaithe ar an amhras dóchasach.

Agus í os comhair siopa stop sí agus bhreathnaigh go géar isteach sa bhfuinneog, í ag tnúth le neach éigin eile a fheiceáil taobh thiar di, seanbhean éigin, Dia linn.

Ach níor sheanbhean ná ógbhean ná éinne eile a tháinig chun súl agus í ag grinneadh an fhrithchaithimh. B'in an radharc a thaosc an dóchas. Amhras dá laghad ní raibh ann anois agus ní bheadh choíche. Fúithi féin a bhí an díorma salach úd. Ansin tháinig saighead eile den chineál céanna, í níos géire fós, agus ba bheag nár leag an buille í an babhta seo.

Chuir sí deifir éigin uirthi féin agus a luaithe is a bhí an deis aici an tsráid a thréigean thapaigh sí í. Isteach i gcúlsráid léi ansin, a cuid anála i mbarr a goib aici. Goirt sna súile anois. An croí chomh dubh le hairne. Ach ar éigean a bhí na cábóga le cloisteáil anois: ise as radharc, agus an spórt in éag lena teitheadh.

Os comhair siopa arís di bhreathnaigh sí isteach sa bhfuinneog, ar an seans go bhfeicfeadh sí leid ar bith sa bhfrithchaitheamh faoin bhfaíreach uafásach sin. Go géar cúramach d'fhéach ar a scáil, ar a cló, ar an gcuma a bhí uirthi, ar na héadaí a bhí á gcaitheamh aici, í ag súil leis an leithscéal ba lú. Ach maithiúnas dá laghad níor thug an scáthán seo di. Cuardach in aisce. Gach rud i gceart, rócheart, go deimhin, í ródheas, rónéata taitneamhach. Tada as ionad ... go dtí na barr cleití féin, mar a deir Mac Uí Rudaí. Deamhan rud gairéadach ag baint léi, mhais. Céard é go díreach ba bhun leis an bhfaíreach, mar sin? Ach an amhlaidh a bheadh léargas an fhrithchaithimh anseo chomh gléigeal sin is go bhféadfaí brath air, mar scáthán? Rinne sí a machnamh agus ar aghaidh léi go dtí an teach tábhairne ag an gcúinne. I seomra na mban thug an scáthán fada órga agus na soilse láidre cothrom na Féinne faoi dheireadh dá cló is dá gréibhlí, is bhí fáth buartha ceilte uirthi go fóill. Cibé ba chúis leis an bhfaíreach ghránna úd níorbh iad na héadaí a bhí ciontach inti. Maidir lena colainn, cén locht a bhí uirthi sin, í gan a bheith róthanaí ná rómhór in áit ar bith.

Ní mór dúinn, ar sise léi féin, a bheith airdeallach i gcónaí faoin mbolg, soitheach ba chóir a bheith mealltach ach gan a bheith suntasach: Caithfear srian éigin a choinneáil air. Ach sin ráite ba chóir go mbeadh sé soiléir don tsúil cháiréiseach gur bolg é, mhais, bolg nádúrtha mná.

Agus mar a chéile díreach leis an tóin. Ní mór dúinn a bheith faichilleach fúithi sin, freisin. Beag rud níos gránna ná an tóin leacaithe, dar léi. A cruinne a bheith suntasach, gan a bheith iomarcach, agus í ag cuimhneamh ar na fir sin nach mbeadh sásta bleid ar bith a bhualadh ar bhean na tóna raimhre, ag cóisir nó eile; ach a mhalairt ab fhíor, de réir dealraimh, chomh maith. Ní lia fear ... Ach mar sin féin, maidir léi féin, b'fhearr léi a tóinín a bheith chomh triopallach is a bhí. Rud é tóin ar deacair a cheansú, a smachtú, a choinneáil mar a theastódh; ach bhí an t-ádh uirthi. Bhí an t-ádh uirthi sa mhéid sin, cinnte.

Shleamhnaigh sí a lámh faoina mblús, ag triall ar na cíocha, agus gan aon bheart eile ina bhac uirthi idir méara agus cneas.

Bhíodar teann a ndóthain, dar léi, an óige le mothú fós iontu, iad bog, gan a bheith slaparnach, díreach mar ba chóir dóibh a bheith dá cló, agus go háirithe dá ceird. Níos cóngaraí fós den scáthán anois di ghrinnigh sí a haghaidh. Locht ná locht ní raibh ar an bpéint chogaidh, ar an gceileatram, ar sise, is rinne miongháire. Seanscil ba ea í sin, í aici ó na déaga, is beatha is beathú ag brath ar an bpéint chéanna, ar a húsáid, le go mbreathnódh sí sách fásta suas, sách aibí, dá gairm. Ach b'in inné. Agus feasta bheadh a mhalairt de bhuairt i gceist, rú. Ach faoi láthair –

'Is deas mo bhéal, mo dhéad is mo gháire,
Is deas mo ghné is tá m'éadan tláith tais,
Is glas mo shúil, tá m'urla scáinneach,
Bachallach búclach cúplach fáinneach,
Mo leaca is mo ghnúis gan smúid gan smachall,
Tarraingthe cumtha lonrach scáfar,
Mo phíob, mo bhráid, mo lámha is mo mhéaraibh
Ag síorbhreith barr na háille ó chéile …'

Mhisnigh Brian í an babhta seo mar a mhisnigh i gcónaí í, ba chuma cén chaoi a mbeadh cúrsaí. Ach an amhlaidh a bhí sí fós chomh snoite álainn céanna is a bhíodh? Anois, ó bhí sí chomh cóngarach sin don scáthán, samhlaíodh di go raibh meáchan na mblianta, casadh bog na taoide, más maith leat, le sonrú, dá mba ar éigean fós é. An dá scór sáraithe aici an lá faoi dheireadh, d'eile! Ach féach: An amhlaidh a bhí an méid sin scéithe ag an scáthán? Ní raibh, a chailín, ach deich mbliana fichead. Nó beagán os a chionn, seans. Fíorbheagán …

Bhí na blianta tuisceanach di, ceart go leor, ach nár thug sise cabhair mhaith dóibh, í umhal do na rialacha … a dóthain codlata aici i gcónaí; í ar an réimeas bia ab oiriúnaí; aclaíocht á déanamh aici amuigh faoin aer go rialta, idir snámh agus siúlóidí is eile? Agus gan aclaíocht na ceirde, mar a déarfá, a chur san áireamh ar chor ar bith!

Isteach sa ndeochlann léi, go dtí an cuntar, le fios a chur ar dheoirín fuisce agus sin a ól. Ansin, amach léi arís, í ag déanamh ar an gcuan. Ní raibh sí fós ar a mian, amach is amach. Chuirfeadh suantraí na dtonntracha ar a suaimhneas í. Sin, agus cumhracht na mara.

An raibh an tarna rogha anois aici agus an fhaíreach sin a chur sa chuntas? Bheadh uirthi imeacht. Bheadh, cinnte, is chomh ciúin in Éirinn is a d'fhéadfaí, agus an baile seo, agus na cábóga, a fhágáil ina diaidh. Saol nua di, agus í in aois an dá scór ...

Deamhan obair a dhéanfadh sí anocht. Mhothaigh sí í féin salach i ndiaidh na faírí uafásaí sin. Ní fhéadfadh sí a bheith gairmiúil anocht. Ní dhéanfadh sí ach praiseach de chúrsaí dá ngabhfadh sí i mbun oibre.

Ach cén fáth nach n-éireodh sí ar fad as an ngairm anois? Nárbh 'in an sonc a bhí sa bhfaíreach: Tá do rás rite, a chailín. Feasta, níl romhat ach an cnoc síos, fána an drochmheasa agus na maslaí, rú; agus an bhuanmheisce, cá bhfios? Dá n-éireodh sí as anois, an áit seo a fhágáil go deo, imeacht léi chomh fada ón áit chéanna agus a d'fhéadfadh sí, ainm agus sloinne nua a chleachtadh, agus siopa beag a cheannach san áit nua. Bhí a dóthain airgid sa mbanc aici le sin a bhaint amach .... Baile beag eile cois na farraige agus an siopa a bheith chomh gar di is go gcloisfí na tonntracha. Dhá cheann nó trí cinn de sheomraí os cionn an tsiopa, abair, agus bheadh árasán beag néata i gceann míosa aici. Saol nua, pobal nua, comhluadar nua ...

Caithfidh gur bean a spreag an fhaíreach agus eolas aici gur léise a bhí fear a' tí ag luí.

I súil na hintinne, ba léir di an mhír, an bhean úd ag clamhsán lena fear as é bheith amuigh ródhéanach san oíche ... agus malrach ag éisteacht. D'aon turas an chaint seo os comhair an leaid agus aithne mhaith ag a mháthair air, go gcraolfadh seisean an scéala ar fud na comharsanachta agus a hainm sise in éindí — ainm na stríopaí — agus olc ar an leaid dá réir. Díoltas, d'eile? Luath nó mall, bhí a leithéid i ndán di ... botún fir ... focal a ligean uaidh gan fhios dó, b'fhéidir, agus gliceas na mná á tharraingt amach uaidh; nó, an rud ba mheasa ar fad, an striapach a bheith á moladh aige os comhair a mhná agus deoch faoina chrios aige, an t-amadán. Comparáidí … Sin, nó laochas, rú. D'fhéadfadh sí an comhrá a shamhlú, agus sin bunaithe go dílis ar an bhfaoistin a rinne cuid mhaith dá cliantaí léi a liachtaí sin uair. Tá, go raibh mná eile ann i bhfad níos tuisceanaí ná bean a' tí; mná a raibh an dúchas iontu i gcónaí in ionad uair sa mhí; mná nár leasc leo scil na collaíochta a fhoghlaim; mná a thuig méaraíocht, muirniú, in aon abairt, aon agus dó na cúirtéireachta.

'*O! Cár mhuar di bualadh bríomhar. Ar nós an diabhail dhá uair gach oíche!*' Rinne sí miongháire, í ag smaoineamh faoi iompar na mban pósta, dá mb'fhíor dá gcuid fear, nuair a theastaigh uathu na fir chéanna a chur ó dhoras an tseomra leapa. Níorbh í an phian sa chloigeann, mar dhea, an bheartaíocht ba mheasa, nó an bealach ba chiotaí lena n-easpa foinn a chur in iúl, ach an oiread, de réir cosúlachta. Ar a laghad ar bith is béasach é an tinneas ….

An pósadh … institiúid chomh molta sin ar fud an domhain … agus céard é a bhí sa bpósadh, dáiríre, ach striapachas dleathach … iachall ar an mbean luí faoina fear chun a mhian a shásamh agus cuma faoina mianta féin, déistin, múisc, olc. Nó fir óga ábalta gafa le mná nach raibh fios a gceirde acu sa leaba, ná sa chistin, ach oiread. An amhlaidh a bhí na mná sin chomh fuar céanna is a chuir a gcuid fear ina leith? Nó ar chóir an milleán a chur ar na fir, toisc nár thuigeadar, b'fhéidir, nó nár bhac siad faoi, go bhfuil scil ar leith i mbean a dhúiseacht, le fonn a chur uirthi?

An amhlaidh a bhí foighne in easnamh orthu? Faigheann foighne fortacht: B'in, b'fhéidir, an ceacht ba thábhachtaí a theagasc an saol di. Ach shílfí go dtuigfeadh na mná udaí, freisin, go gcaithfidís beagán aisteoireachta a fhoghlaim is a chleachtadh, ó am go chéile, le comhriachtanas an phósta a chomhlíonadh, is a ligean orthu gur thaitin leathar leo, is a gcuid

fear a mholadh is a mhuirniú in ionad iad a mhaslú is a
thiomáint amach go dtí gairm na sráideoireachta …

Bí cinnte di: Bean ba chúis leis an bhfaireach, go díreach nó
go hindíreach. Bhí lámh na mná le feiceáil ann go soiléir. Agus
má bhí cúrsaí imithe chomh fada sin bhí sé in am di, agus thar a
bheith in am, an baile sin a fhágáil, agus í ag séideadh allas a croí.
Chomh dian sin a bhí a machnamh nár thug sí an fear faoi
ndeara go dtí go raibh sé ag beannú di agus é os a comhair.
Nioclás na Feola a thug sí féin air, go príobháideach, mar
bhúistéir. Fear ramhar gnaíúil, an créatúr, cliant a tháinig chuici
go rialta, uair sa tseachtain ar a laghad, nó, corruair, faoi dhó,
agus aithne fairis na seacht n-aitheanta aici air.

'Heileo, heileo,' ar seisean. 'Nílir ag obair anocht, mar sin? Tá
súil agam go bhfuilir ar fónamh!'

'Cén fáth nach mbeinn? Ach tá an lá ina pheata, an tráthnóna
chomh hálainn sin gur shíleas uair a' chloig a chaitheamh cois
na farraige.'

'Mo dháltasa! An cuma leat má shiúlaim cuid den bhealach
leat? Nó b'fhéidir nach bhfuil comhluadar uait inniu? An bhfuil
rud éicínt ag cur as duit?'

Bhain sin geit aisti.

'Cén fáth?' í ag gáire, scil eile a tháinig go nádúrtha di le fada,
ach níos tapúla a bhí an croí ag bualadh anois.

'Shíleas go rabhais buartha, bail ó Dhia ort!'

'Má fheiceann do chéile tusa, agus mise taobh leat, agus an
bheirt againn ag siúl i dtreo na trá, agus solas an lae ag meath,
beidh ábhar mór buartha agatsa, a Nioc!'

'Imithe ó thuaidh atá sise, go dtí an deirfiúr,' é ag gáire. 'Ní
baol dúinn.'

'Deirtear go bhfuil súile ag ballaí, mar aon le cluasa. Fainic na
súile rúnda caidéiseacha!'

'Nach cuma liom. Seans go mbeadh biseach aici ach an scéal
a chloisteáil, a ghirse.' Bhí deireadh lena chuid gáire, anois.

'Nach tusa atá dána! Ach breathnaigh, agat a bhí an ceart,
anois beag, a Nioc, mar is fíor go rabhas buartha. Agus táim

buartha fós. Agus caithfead an scéal a roinnt le duine éicínt nó bead as mo mheabhair. Seo mar a tharla.' Agus d'inis sí a scéal. Ach níor lig an déistin di an focal a scread na cábóga léi a lua leis. Sin déanta, chuaigh an mheirtne thar maoil agus tháinig na deora. Chuir Nioclás a lámh thart timpeall uirthi go dtí go raibh an taom curtha di.

'Dona go leor,' ar seisean. 'Ar éirigh leat na gasúir a aithint? Súil le Dia agam nach raibh mo chlann féin páirteach ann!'

'Níor aithníos éinne. Ach is cuma, anois. Tá an sop séidte.'

'Ach ...'

'Ní thig liom fanacht anseo. Caithfidh mé imeacht. Ba leor an rud a tharla. Ní fhéadfainn a leithéid a sheasamh arís. Ar aon chaoi, is gearr go mbeidh an scéal ag gach éinne. Ní fhéadfainn fanacht.'

Shiúil siad le chéile gan focal eatarthu go ceann scaithimh. Go mall samhrúil a bhí an lá ag druidim uathu, an tsúil chraorag ag damhsa seal ar fhíor na spéire sul má shleamhnaigh sí as radharc, a brat gan fithín ar an muir rompu.

'Tuigim do chás,' ar seisean ar ball. 'Agus, ar ndóigh, cuireann sé brón orm. D'éirigh muid an-mhór le chéile.'

'D'éirigh, gan amhras.'

'Cronóidh mé thú.'

'Tá fhios agam, a Nioclais. Ach mairfidh tú. Mairfidh muid beirt. Táim chun éirí as an gcluiche. Rachaidh mé i bhfad ón áit seo. Níl a fhios agam fós cén áit go baileach. Ceannóidh mé siopa beag agus roinnt seomraí os a chionn. Bead i mo bhall de gach cumann ar an mbaile cumann na drámaíochta — cumann na mbocht, cumann *opera* ... Cabhróidh mé leis na heasláin. Beidh mé áisiúil. Bainfidh mé taitneamh as. Beidh saol nua agam agus níl ach an dá scór sáraithe agam, a Nioclais. Táim láidir. Beidh mé in ann dó. Ach táim réidh le striapachas. Tá mo sháith agam de, go mór mór tar éis eachtra an tráthnóna inniu.'

'Tú id amhránaí *opera*!' Mhaígh a ghean gáire air uime.

'Tá guth den scoth agam, mé i mo *mezzo-soprano*, mura mhiste leat!'

Fear deas macánta ba ea Nioclás. Dhéanfadh sé céile maith ach aire a thabhairt dó. Cén sort mná a phós sé, ar chor ar bith, nár éirigh léi é a láimhseáil i gceart?

'An ndéanfá gar dom?' ar seisean ar ball.

'Gar? Más féidir liom, is dócha.'

'Grá a dhéanamh liom don uair dheiridh, *al fresco*, thíos ag an trá? Deinimis sodar de!'

Déistin a chuir an tairiscint uirthi ar dtús ach ní raibh sí cinnte cén fáth. An fhaíreach úd, gan amhras, a d'fhág an tráthnóna cianach, agus gach rud athraithe. Gan cheist a dhéanfadh sí an gníomh céanna aréir, agus oíche ar bith roimhe sin, ach an pá a bheith ceart agus eolas nó aithne éigin aici ar an bhfear. Ach anocht ba leasc léi géilleadh dó. Bheadh sin mínáireach … is scanraigh an focal í.

Thug Nioclás an t-athrú faoi ndeara …

'Níl tú chun diúltú dom, an bhfuilir?' ar seisean is rug greim ar a láimh. 'Má imíonn tú, ar éigean a fheicfeas muid a chéile arís. Dein grá liom … mar chuimhneachán … i gcuimhne ar an seanchumann … an cuma leat?'

Sheasadar beirt, eisean ag grinneadh a haghaidhe, ise ag féachaint amach ar an bhfarraige, a bhí anois faoi fhuine gréine, na dathanna ag athrú, ciúnas mór sa spéir. Ach bhí ag briseadh isteach sa chiúnas an abairt ghránna arís is arís eile. Níor fhéad sí an fhaíreach a mhúchadh. Bhreathnaigh sí i dtreo na háite a mbeadh corrán nua na gealaí le feiceáil ar ball. De réir a chéile thréig an fhaíreach í.

Ansin thosaigh guth eile ag labhairt léi istigh, guth na gairme, an guth a sheas léi nuair a bhí cúrsaí dona go leor agus cliant garbh ag plé léi. 'Bí gairmiúil', a dúirt an guth. Cuimhnigh sí ar na drochbhéasa, ar na modhanna déistineacha, ar na fir shuaracha. 'Bí gairmiúil agus dein dearmad de gach rud eile ach luach do shaothair.'

Bhreathnaigh sí ar Nioclás, hob ann, hob as. Nioclás bocht, fear nach raibh drochmhúinte léi riamh … agus ghlac trua dó. Ach bhí saol nua roimpi chomh cinnte in Éirinn is a bhí corrán nua na gealaí le bheith le feiceáil am éigin níos déanaí anocht. Chuir sí guth na gairme ina thost agus chinn ar an rud neamhghairmiúil ar fad a dhéanamh. 'Ceart go leor, a Nioc', ar sise, í ag múchadh na hosna cléibhe. 'Gabhaimis síos go dtí an trá, is déanfad grá leat, mar a deir tú féin, mar chuimhneachán, i gcuimhne ar an seanchumann. Ach ní ghlacfaidh mé le oiread is cianóg rua uait.'

Nóta: Ó *Cúirt An Mheon-Oíche* le Brian Merriman, curtha in eagar ag Liam P. Ó Murchú, An Clóchomhar Tta, BÁC, 1982, atá na línte filíochta ar lch a 141.

Lámha ba chúis le mo thinneas . . .

Súil na fiosrachta is dual a bheith ag scríbhneoir, agus más minic a bhris béal srón, agus sin a deirtear, is minice fós a bhris súil croí, mar is eol do chách. Sin é an fáth, b'fhéidir, go bhfuil lionn dubh os cionn mo chroí i gcónaí nuair a bhíonn an tsúil i ngreim ag áilleacht; agus an chluais ar an dóigh chéanna, ar ndóigh. Nach mbíonn iarraichtín éigin den bhrón le cloisteáil sa ríl is bríomhaire?

Ach ní faoin tsúil, nó go deimhin faoin gcluais, atáim an babhta seo, ach faoi lámha... lámha aisteacha, gránna fiú... Lámha a ba chúis le mo thinneas... agus ba é mo thinneas a chuir i mo thost mé chomh fada sin ar an Teilifís Ollscoile, Dia linn.

In áiteanna san Afraic, is amhlaidh a deirtear go bhfuil a scéal féin le hinsint ag gach ball den cholainn, don té a bhfuil an tsúil sách géar chuige. Nach fíor é sin go cinnte faoi na lámha? Ní raibh le déanamh le heolas a fháil faoin bpíobaire úd, Darach Fada, ach breathnú ar a lámha, iad caol fada, chomh fada sin go gceapfaí, den chéad radharc, go raibh dearmad éigin déanta ag an gCruthaitheoir, gur chóir bean a bheith ann romhat in ionad fir.

Ach nuair a rug Darach Fada — ar dheis Dé go raibh sé — ar an bpíb, thuig an té ab amhrasaí nach raibh botún, ná botún, déanta ag an gCruthaitheoir, a bhinne is a tharraing sé, nó a mheall sé, an ceol amach. Fearas leochaileach is ea an phíb. Ní ghéilleann sí ach don chorrdhuine atá in ann í féin a thabhairt leis trí bhréaga is mealladh is méaraíocht, mar a déarfá, go díreach, le Bé na hAislinge (nó, dáiríre, le bé ar bith eile), a mhealladh. Ach seo ag rámhaillí arís mé, mar ní faoi lámha an phíobaire atáim inniu, ach faoi lámha eile a chuir — cén chaoi a chuirfeas mé in iúl é? — draíocht de chineál éigin orm; briocht, más maith leat, cé go bhfuil téarma eile fós ag an síceolaí a bhí chomh tuisceanach sin liom; nó seans gur mealladh agus bréagnú agus briseadh sláinte ba chóra dom a rá. Ní áilleacht, ná clisteacht, ná an mhíne féin a rug mise léi, ach a aite, a neamhchoitianta, is a bhí na lámha úd.

Ceart go leor, gach seans ar domhan nach mbeifeá ar aon tuairim liom. Ar ndóigh, ní bheifeá liom agus mé ag moladh áilleacht chorrmhná ar an tsráid, agus bheadh an ceart ar fad agatsa is a rá gurb í an tsúil a chruthaíonn an áilleacht. Agus a mhalairt is fíor, chomh cinnte dearfa céanna? Mar sin a mhínigh an síceolaí na cúrsaí seo dom, go raibh sé dúchasach go maith dom a bheith ag cur speice áirithe i rud a shíleas a bheith ait, nó aisteach, nó corr… nó spéisiúil.

'Nach 'in iad d'fhataí?' ar seisean. 'Nach í seo do ghairm, bail ó Dhia ort?'

Ba iad na lámha úd m'fhataí! A leithéid de mheafar… Ach thuigeas é agus shuaimhnigh sé mé — meafar ar meisce. Duine fíorthuisceanach ab ea an síceolaí, an fear bocht. Ach ag rámhaillí atáim aríst…

Na lámha seo atá i gceist agam, táid mór agus leathan. Ach, a déarfas tusa, agus an ceart agat, nach bhfeicfeá a leithéidí minic go leor ag feiliméar, nó ag búistéar, nó ag adhlacóir, Dia linn, agus ag go leor leor eile. D'fheicfeá, cinnte. Ach breathnaigh —

Is feasach duit céard is spága ann. Samhlaigh lámh mar a bheadh spága. Ná habair nach bhfágfadh a leithéid de radharc péistín éigin den bhfiosracht ag borradh it' inchinn? Ach bhí a thuilleadh fós le cur san áireamh, tá, na ladhracha móra leathana, sa chaoi go mbeifeá ag smaoineamh faoi dhealbhóireacht chumasach éigin (comóradh ar Vercingetorix sa bhFrainc, nó dorn ollmhór dúnta ag pléascadh amach ón talamh mar chuimhne ar an *Resistance*); nó faoin dán iontach úd le Neruda. Spiorad, pearsantacht, toil, díomas, ollmhian, agus iad siúd ráite in aon láimh amháin. Anois, an dtuigeann tú mé? Sa Mhumhain a chéadleag mé súil ar a leithéid. B'amhlaidh a bhíos ar mo bhealach go Corcaigh, gur sheas mé le hartola a fháil i Ros Cré, agus gur bhaineadar geit asam na lámha a raibh greim acu ar nathair na hartola ('nathair' a thugaim i gcónaí ar an bpíobán artola; samhail cruinn go maith, a deir an síceolaí; samhail spéisiúil, dar leis; samhail ársa; bhí rud éigin scríofa ag Jung faoi, ar seisean).

B'amhlaidh a bhí na crúba chomh mór lena aghaidh. 'Tuige nach mbainfeadh a leithéid geit asam?

Ar aghaidh liom go Corcaigh, áit a raibh orm léacht a thabhairt i gColáiste na Díge. Thugas an léacht. Sách luath a chuas a chodladh. Caithfidh go ndeachaigh an crúbachán úd as Ros Cré i bhfeidhm orm mar chonaiceas i dtromluí é, é ag déanamh orm agus na crúba úd sínte amach uaidh. Dhúisíos, mé báite le hallas. Néal níor thit orm ina dhiaidh sin. Moch go maith a d'éiríos agus ar aghaidh liom go dtí Guagán Barra. Ar an mbealach, sheasas i sráidbhaile éigin le pionta a ól. Duine ná deoraí ní raibh istigh ach an tábhairneoir. Ní ar bith níor thugas faoi ndeara go dtí gur shín sé an pionta i mo threo, agus bhíos i láthair na lámh úd in athuair. Ar ndóigh, smaoiníos láithreach ar an mbrionglóid agus thosaíos ag cur allais. Ansin bhreathnaíos ar aghaidh an tábhairneora agus maolaíodh ar an eagla. Gnúis lách ramhar. Fear mór grinn, cheapfaí, spéis aige sa cheol, sa dea-chaint, sna cluichí. Agus fear féile a bhí ann, go deimhin. D'ólas an tarna ceann agus amach liom, mé ar mo shuaimhneas arís. Ach níor fhéadas dearmad a dhéanamh de na crúba.

Breis is seachtain a chaitheas sa Mhumhain an babhta sin agus chonaiceas aon cheann déag de na péirí sin, mar chrúba; táim cinnte faoin uimhir nó sin mar a mheabhraíonn an dialann dom é. Uimhir thromchiallach go maith, mhais. Tréith Mhuimhneach?

Ar ndóigh, rith an smaoineamh liom, ceart go leor, ach bhí a fhios agam go mbeadh orm go leor leor taighde á dhéanamh le go mbeinnse cinnte dearfa faoin tuairim. Bheadh orm eolas fíorphearsanta a fháscadh ó mhuintir na gcrúb, agus tá seans maith ann go mbeadh fadhbanna ag baint lena leithéid, agus níos mó ná fadhbanna, nó dhéanfadh crúb den chineál sin ciseach de shrón duine. Dhéanfadh sé leabhar maith ach bheadh go leor oibre ag baint leis. Dá bhféadfaí teacht ar eolas clainne i gcónaí, féachaint an bhféadfaí an fhoinse a aimsiú! Arbh amhlaidh a tháinig sin anuas sa ghin? Caithfidh gur mar sin a tháinig. Ach ó fhear go fear, nó ó bhean go bean, ó mháthair go hiníon? Nó arbh amhlaidh a léim sé dhá ghlúin nó trí? Nó é i láthair i ngach glúin? Ansin, an scéal a ríomh thar lear, i measc sliocht na nGael ar fud an domhain? Chaithfí sin a dhéanamh, chun na saineolaithe a shásamh.

Ar ndóigh, chuirfeadh níos mó ná dámh amháin spéis san ábhar seo: Dochtúirí, lucht béaloidis, socheolaithe. Agus níor mhiste ransáil a dhéanamh ar an tSean Ghaeilge, féachaint cé na tagairtí do chrúba, do chróibh, do dhoirn agus a leithéidí? Thiocfadh stair isteach sa scéal, chomh maith. Bheadh saineolaithe áirithe cantalach, chomh cantalach le dris, as mé a bheith ag déanamh bradaíle ar a ndúiche. Bíodh. Ar aon chaoi, chabhródh sin leis an bpoiblíocht agus cén dochar sin? Cá bhfios nach ngnóthóinn duais mhór idirnáisiúnta? Agus go ndéanfaí ollamh díom san ollscoil nua sin i gCluain Mhic Nóis?

B'fhéidir go rabhas ag dul beagán thar fóir, dar leis an síceolaí nuair a bhí mo dhialann á plé aige. Líon beag daoine a chuirfeadh spéis ina leithéid d'ábhar, dar leis.

Ar chloisteáil sin dom, rinne mé gáire.

'Ní mór duit anailís a dhéanamh ar na hábhair a bhaineann dochtúireacht amach sna hollscoileanna,' arsa mise. 'Níl sé ach bliain ó shin ó bhronn Cambridge dochtúireacht ar an té a rinne suirbhé ar shróna Loch Garman, agus céard a rinne Ollscoil Heidelberg ach *Doktor-Doktor* a bhronnadh air. Tá caint faoi Dhuais Nobel anois agus —'

'An ndearna tú lámhchartadh ariamh?' arsa an síceolaí. Ach cén mhaith dom a bheith ag caint… Níor mhothaíos a bheith puinn tinn, tar éis dom filleadh ón Mumhain. Ní raibh ann ach tine na fiosrachta lasta. Ach roinnt seachtainí ina dhiaidh sin, b'éigean dom léacht a thabhairt faoi *praelibation* don Ollscoil i Rinn Ó gCuanach (faoi choimirce Eaglais na hÉireann).

Ar dtús, ní raibh i gceist agam ach tráthnóna agus oíche a chaitheamh san áit, ach nuair a thugas faoi ndeara an oiread sin daoine a bheith beannaithe leis na crúba úd, b'éigean dom taighde sách forleathan a dhéanamh, ar dtúis i gCo. Phort Láirge, ach ina dhiaidh sin ar fud na nDéise.

Is cuimhneach liom go maith an tráth sin, óir b'amhlaidh a shíl mo chéile go rabhas ar an ól arís agus chuir sí fios ar na Gardaí, í imníoch go mbeinn ag tiomáint thart, mé ar meisce, agus an domhan mór á chur i gcontúirt agam. Mar thoradh ar chineáltas mo mhná, chaitheas oíche i stáisiún na nGardaí i mbaile beag éigin sna sléibhte (in éadan mo thola), mar níor tháinig an dochtúir go dtí an mhaidin dár gcionn. Bhí a fhios agam go maith nach rabhas ar meisce agus gan ach bláthach á ól agam le trí lá, ach cén chaoi a mbeadh a fhios sin ag Garda nó ag dochtúir?

Rud Muimhneach… rud Déiseach? Bhíos i mbun taighde i gceart anois, ríomhaire agam sa charr, gach giota fianaise breactha, dealaithe agus idirdhealaithe. Agus, ó shin i leith, rinneas gach deis a thapú ag deireadh na seachtaine le cur leis an eolas. I gceann tamaill, bhí cófra an ghluaisteáin ag cur thar maoil leis an oiread sin bogearraí a bhí greannta agam sna trí theanga.

Ba faoin tréimhse sin a thosaigh an raic idir me féin is mo chéile, í ag cur in iúl do chách go raibh *affaire* ar siúl agam le bean óg éigin faoin tuath. Litir ó Ollscoil Ghobnatan ba chúis leis sin, iad ag impí orm léacht a thabhairt ar an 'Á' sna hamhráin Ghaelacha. Nóta faoi dheifir ó thánaiste na hOllscoile ar ghnáthpháipéar agus gan de shíniú ar an litir ach 'Gobnait' (litir i Laidin, ar ndóigh, le faobhar a chur ar theanga sholúbtha mo mhná).

Téarma oiriúnach a bhí in *'affaire'*, ceart go leor. Sin nó 'leannán smaoinimh'. Nuair a rinne mise lagiarracht faoi 'leannán smaoinimh' a shainmhíniú sa chás seo chuaigh an lasair isteach sa bhairille.

Ar na fadhbanna a bhí agamsa, bhí fás borb (i gnach gné den fhocal) na n-ollscoileanna: Níor chreid sise go bhféadfadh an scéal a bheith amhlaidh! Mheabhraigh mé di an páipéar a léas i n*Gallego* d'Ollscoil Don Quijote i dToledo agus an leagan úd de chuid tairngreachtaí Cholm Cille i gceist, go dtiocfadh an t-am nuair a bheadh 'ilsgoil i ngach both, roth faoi gach boc, nimh i ngach loch, polaiteoir i ngach poc,' agus go raibh an t-am sin istigh cheana féin. Ach in aisce a bhí mo shaothar. D'éirigh léi ordú cúirte a fháil i mo choinne agus toirmeasc ar mo theach féin (.i. a *porta et mensa* ó is fada an lá ó bhí leaba ar bhealach sásúil ar fáil dom sa teach céanna).

Tar éis dom an tríú cuairt a thabhairt ar réigiúin na Mumhan ba ea a shíleas go mb'fhéidir go rabhas ag éirí beagán tinn. Brú mór oibre, d'eile? Ní rabhas cinnte, anois, maidir leis an difríocht idir bheith i mo dhúiseacht agus a bheith i mbun brionglóidí is mé i mo chodladh. An amhlaidh a bhí na cuntais a bhí á gcur le chéile agam ar an ríomhaire fíor nó bréagach? Ach bhíos réasúnta cinnte faoi rud amháin, go raibh na crúba fairsing go maith sa Mhumhain, go háirithe sna Déise, iad ag téaltú amach ar an mbord nó ar an gcuntar le freastal ar mo riachtanais nó iad ag léim is ag preabadh ar chonsairtín nó ar chairdín...

Toisc nárbh é mo theachsa mo theach a thuilleadh (macalla de na línte úd le Lorca), b'éigean dom dídean a lorg agus a fháil i mainistir áirithe de chuid na Mumhan. Agus bhí an ceangal sin ar fheabhas amach is amach, mar is ar éigean a labhair éinne ann liomsa (ná le héinne eile), go dtí gur éirigh mé míchúramach agus mé ag plé le lucht na gcrúb, go mídhiscréideach.

'Céard é seo atá á rá agat, a bhit,' arsa duine de mhuintir Charraig na Siúire, 'go bhfuil baint agamsa agus le mo mhuintir le lucht na gcrúb... lucht an Diabhail?'

Bhí an tagairt sin iontach spéisiúil... Fear na gCrúb... béaloideas thar a bheith saibhir sa cheantar. Ghabh mé buíochas leis.

'Níor fhreagair tú mo cheist, a shomacháin ghránna,' ar

seisean, agus bhagair sé a chrúb faoi mo phoincín.

Tháinig Garda… thosaigh daoine ag béicíl is ag brú agus focla gránna i ngoib a mbéal acu. B'fhéidir go raibh lionseáil i gceist ach chaith Gardaí isteach i bpatrólcharr mé ('coir in éadan an stáit'). Cuireadh fios ar bheirt dhochtúir agus ar Athair-Ab na mainistreach.

Tá an síceolaí tuisceanach i gcónaí agus tuigim anois, agus glacaim leis an gcomhairle, nár chóir dom a bheith ag caint ar a aduain is atá a lámha, le strainséar, agus an téarma 'crúb' a ghlanadh amach ó mo bhéal.

'Cead agat do rogha ruda a scríobh, go fóill, ar aon chaoi,' arsa an síceolaí. 'Cúram eagarthóra a bheas ann, ar aon chuma. Anois, inis dom: An raibh fonn ort ariamh grá a dhéanamh le do mháthair? Nó le do bhábóigín?'

Ar dtús, níor ceadaíodh dom an seomra a fhágáil, ar chúis ar bith, ach ar ball thugadar deis dom, mé féin a ghrianú sa ghairdín. Lá amháin, chinn mé ar éalú ón tseafóid seo agus caibidil eile den leabhar a ullmhú… i gcathair Chill Chainnigh.

Agus mé i mbun taighde i gCill Chainnigh, níor sháraigh mé comhairle an tsíceolaí. Discréideach agus béasach a bhíos an t-am ar fad, ach chuireas deireadh leis an taighde nuair a d'éisteas leis an raidió i siopa éigin sa chathair, agus chualas bean na nuachta á rá go raibh na Gardaí ar thóir dhuine thinn a bhí tar éis teach a leasa a fhágáil agus go mb'fhéidir go mbeadh sé ag cur ceisteanna aisteacha ar chách faoina lámha.

D'inis an chiall dom go gcaithfinn sráideanna na cathrach a thréigean agus dídean a lorg in áit éigin ciúin — reilig nó eile. Ar mo bhealach go dtí a leithéid d'áit, thángas ar an gCaisleán, agus ag an nóiméad sin thosaigh an bháisteach. Isteach sa Chaisleán liom, gan a thuilleadh moille.

Ar ball, bhaineas halla na bpictiúirí amach, agus chuas ó phortráid go portráid díobh, ag cur spéise in éadaí na mboc seo, mar Bhuitléaraigh, agus, ar ndóigh, ina bpearsantacht, chomh fada agus a d'éirigh leis an bpéintéir sin a chur in iúl, nó a ceadaíodh a leithéid dó. Anseo romham a bhí an dream alpach céanna ó ghlúin go glúin, lena bhfuinneamh, lena n-uabhar, lena ndíomas is lena sotal, Dia linn.

Caithfidh mé a admháil go rabhas gafa ag an éide agus ag na haghaidheanna, sa chaoi nár thugas éinní eile mórán faoi ndeara. Ar ndóigh, bhí lán-réimeas ag mo shamhlaíocht anois, mé ag breathnú ar na dátaí, mé ag cuimhneamh ar a raibh d'eolas agam ar stair na hÉireann, mar aon lenár n-imeachtaí chun saoirse; agus go háirithe dá raibh ar siúl againn le fáil réidh leis na tiarnaí talún, na boic úd a mbíodh sé d'iachall orainn dul ar ár nglúine rompu, sa phoiteach féin, agus iad ag marcaíocht thart. Faoi dheireadh, bhí an duine deiridh díobh romham, é in éadaí mórán mar a chaitheann muid uilig inniú. Níorbh ábhar mór spéise é, an fear bocht, dáiríre. D'fhéachas ar a aghaidh, féachaint an raibh éinní ag baint léi a chuirfeadh in iúl gur Buitléarach a bhí ann, dearg-namhaid na nGearaltach i stair na hÉireann go dtí... an t-ochtú aois déag féin? Dar liom go n-aithneofaí é mar Bhuitléarach, ach an staidéar a bheith déanta go maith roimh ré ar na boic a bhí roimhe sa scuaine leathríoga seo.

Shiúlas thar n-ais beagán, agus ar aghaidh arís go dtí an t-úinéir deiridh, mar is leis an stát an t-iomlán anois, idir chaisleán is phictiúirí is eile. Ansin chonaiceas rud a bhain geit asam, a chuir eagla orm, eagla go bpléascfainn, agus go mbéarfaí orm arís, agus go gcinnteofaí an babhta seo nach n-éalóinn arís a choíche go dtí go mbeinn i ngar do dhoras mo shaortha, an bás, d'eile?

Ar ndóigh, an ceart ar fad agat, thugas faoi ndeara na crúba úd ag an duine deiridh seo, agus na crúba ceanann céanna ag gach duine den treibh seo ó phortráid go portráid. Shuíos faoin bpictiúir deiridh seo agus thosaíos ag gol mo dhóthain. Bhí a fhios agam anois cé a chuir tús leis na crúba sin ar fud na Mumhan ach ar éigean a ligfí dom mo rún a roinnt leis an domhan mór, mar seo chugam arís iad, gáire plaisteach ar a n-aghaidheanna, a gcótaí bána gan smál gan fithín, agus díorma mór Gardaí taobh thiar díobh, an Brainse san áireamh.

Tugtar an chaipéis seo go Heidelberg, go dtí an Doktor Doktor-Doktor Heinrich von Neilsen ...

Friotal

Dheifrigh sé beagán agus é ag fágáil na hamharclainne. Chun a chuid mac léinn a sheachaint? Níorbh ea, go baileach, ach gan iad a spreagadh, ab ea? Níorbh ea, ach oiread, ach nod béasach a thabhairt gur ina aonar ab fhearr leis a bheith; rud ar a intinn nach bhféadfadh sé a roinnt leo go fóill; go raibh ábhar machnaimh ar bun is go gcaithfeadh sé cruth a chur ar chúrsaí. Thuigfidís, gan amhras.

'Dia dhuit, a Arastotail!'

'Bail ó Dhia oraibh!'

Níorbh iad a mhuintir a bhronn Arastotail air ach é féin, ach sin faoi choim. 'Tuige nach mbeadh cead ag duine a rogha ainm a roghnú? 'Tuige ar bith; ach an gníomh a choinneáil dó féin, ar eagla na míthuisceana (nó eile).

'Níl an léachtóir ar bharr a mhaitheasa anocht, cibé ar bith, meas tú?'

'Ach i mbeár a bheas sé ar ball, mura bhfuil ag na déithe!'

'Lowest form of writ.'

'Calembour?'

'Búrach, ab ea?'

Sárdhaoine; é ag gáire taobh istigh. Agus, nuair a shíl sé a bheith as radharc na mac léinn, é cinnte nach rabhadar á leanúint go discréideach, féachaint an mbuailfeadh sé le bean … bean sráide … nó eile, mhaolaigh sé roinnt ar luas na siúlóide is chuaigh i mbun na geografaíochta: Teach tábhairne ar bith sa taobh seo tíre, ceann nach mbeadh ceol dod bhodhradh ann nó teilifíseán le do chur as do mheabhair? Áit chiúin éigin le go gcíorfadh tú na smaointe a mhúscail an dráma úd, dráma nach bhfeicfeadh tú ar chor ar bith, seans, ach go ndúirt sise, an té a bhuaigh an duais mhór, ina colún reatha, gur dráma é a bhain le fealsúnacht aisteach.

Fealsúnacht *aisteach*? 'Aisteach' an aidiacht, ar aon chaoi. Nach bhfuil gach fealsúnacht aisteach ar a bealach féin? Nó an amhlaidh a bhain aistiúlacht dáiríre le fealsúnacht ar bith? Aistíleacht, b'fhéidir, scaití, agus sa ndráma seo, ach go háirithe ….

D'éirigh leis an t-ionad dídine a aimsiú, teach a d'fhéadfadh a bheith oiriúnach, dá mba fhíor na focla úd os cionn an dorais: *An Áit Chiúin.* Isteach leis. Agus ciúin a bhí sé, gan ach aon duine amháin ann, é taobh thiar den chuntar, é i bhfolach go cliabhrach i bpáipéar na maidine … ó inniu nó inné? Ba chuma leis an té sin, cheapfaí, is fonn air a bheith adhlactha, dhealraigh sé.

'Pionta, más é do thoil é!'

'D'eile! Cén dath?'

'An ceann is saoire, ceann a mhúchfadh tine!'

Tine intinne, ar ndóigh. Agus chuaigh go dtí an cúinne ab fhaide ón gcuntar.

Trois étages agus an chéad cheann díobh curtha de, ar aon chaoi, is a luach a bheith íoctha. Bhlais arís. Dhéanfadh sé cúis. Agus anois, maidir leis an dráma seo, a bhí chomh fealsúnach sin, má b'fhíor; beirt fhear agus bean amháin, gach éinne díobh i ngrá lena chéile agus á iompar dá réir, gach éinne díobh ag fiosrú collaíochta, agus sin chomh doimhin is chomh leathan is a bhí a leithéid iontu. Beatha duine a tholl.

I ngan fhios, beagnach, a shleamhnaigh an abairt amach. Thaitneodh sin le mac léinn, ach é a bheith úr, in ionad é a bheith smolchaite, chomh smolchaite le broim ghlórach i halla na léachtanna … Eatal ghaoithe, mar a déarfá.

Triúr i ngrá lena chéile, triúr ar thóir fhios fátha a ngrá, nó sin go díreach a cuireadh in iúl i mír a haon, luath go maith i mír a haon, ar eagla nach dtuigfeadh an lucht éisteachta, ar ndóigh, céard é a bhí ar bun. Laige í sin, gan amhras: Nár rí-chuma leis

an lucht éisteachta, má bhíodar chomh dúr sin, ach a bheatha
féin a thabhairt don dráma, an dráma i gceannas, a dhuine, is gan
leithscéal d'éinne, d'eile!
Ach an lipéad úd: Grá. Meas tú arbh é sin an téarma cruinn?
Cuí? Céard é is grá ann? Céard é is searc? Ba chuma ach na mílte
mílte saothar a bheith i lámhscríbhinní agus i gcló ach, ina
dhiaidh sin uilig, sinn a bheith chomh dall is chomh bodhar faoi
is a bhí riamh. Sainmhíniú, a mhac: Lorgaigh an sainmhíniú
agus ansin chuir an léargas úd sin faoi ghloine fhormhéadaithe
na loighice, mar a dhéanfadh Platón agus Arastotail, an
tArastotail fírinneach in ionad sop seo na scuaibe, é folaithe i
gcúinne na procóige seo, mar *An Áit Chiúin*.
Haraí an t-ainm a bhí air ón mbaisteadh, ó cheart; ach
b'amhlaidh a rinne na Ciarraigh an scéal a chinntiú ina
chloigeann dó nuair a tháinig sé orthu siúd faoi dheireadh agus
é ina mhac léinn, nuair a chinn sé ar an athrú a dhéanamh, mar
Haraí Stotail, agus a chuid ceisteanna faoi na beacha agus na
taoidí; agus féach, a dhuine, a léachtaí le fealsúnacht de chuid na
hOllscoile Réigiúnaí, ós faoi thaoide atáimid: Taoide rabhartha i
ndán agus do mhachnamh a dhéanamh ar an bhfóidín a bhfuilir
id sheasamh anois air! An é an fóidín mearbhaill é? An amhlaidh
atáir imithe ar an bhfóidín mearaí, a dhuine, agus gan ach taoide
den lá fágtha agat is tú ag tarraingt ar an leathchéad, gan chéile,
gan mhuirín; is ea, mais, agus gan freagra ar bith foilsithe agat ar
cheisteanna móra an tsaoil, is tú id fhealsúnaí, más fíor!
'Pionta eile, den nimh chéanna, led thoil!'
'Gach éinne ar a nimh fhéin, mais!'
Fuair is d'íoc as. Agus an tarna coinníoll slán aige, é a ól, d'eile?
Ba chuma ach gan an t-aon chríoch amháin a bheith ann,
bíodh 'searc' nó 'grá' i gceist, má bhí difríocht ar bith eatarthu,
ach nach raibh, nó, ar a laghad ar bith, nach mbíodh? Agus san
eadarlúid, bíodh cuid de na heilimintí seo a leanas san áireamh,
ceann amháin díobh, ar a laghad, má b'fhíor do na scríbhneoirí:
Mealladh, nós, taithí, foighne; trua, seans; trócaire, maithiúnas,
buíochas; tú ag súil leis an macalla, ab ea? Leithleachas? Saint?

Seilbh? Faoiseamh seal? Dóchas? Dallamullóg? Péintéireacht aigne go dtí go bpléascann an súilín drúchta? A mháthair féin is a athair: Cén fáth nár sholáthraíodar d'Inis Féidhlinn ach an t-aon neach seo amháin, Haraí, earraí, mar dhea, ach earra amháin? Níor chuimhnigh sé go bhfaca sé riamh iad ina aon leaba, fiú agus é ina ghasúr óg. B'fhéidir gur eisean an pionós a bhí le fulaingt acu as peacaí a shíleadar a bheith ina n-éadan sa Leabhar Mór, an ceann sin thuas ar neamh? Dhéanfadh sin ciall, ciall thanaí. *'Is grád do macalla mo grad-sae ocus mo sherc … dontí dá tuccus:'*: Á! Tochas? Ní hea, ach 'a thugas', a amaid! Ar aon chaoi, ba í an chollaíocht bun is barr an fhocail sin, *serc*, de réir na litríochta, de réir gach cosúlachta: Níor *serc* a thugamar dár n-aithreacha ná dár máithreacha … dár máithreacha? Ní fhéadfaí a bheith cinnte de sin, i ndiaidh Freud, an *merriman* féin, an giolla meidhreach! Tochas an eochair, cibé é ar bith, nó, más maith leat, tochas agus fiosracht.

Cén tuairim a bheadh ag Crisna Murtaí (Christy Murtagh? Crios tarrthála ár linne agus crioslach ár ndóchas)? D'eile ach gur ar ár leas féin bun is barr ár n-iompair, mar fhealsúnaí na hIndia, guru na ngurraithe, *gurrier of gurriers.*

Ar aon chaoi, déanaimís an reicneáil, a dhuine, féachaint cén chaoi a bhfuil an cuntas: Tú id chuimilteoir cruthanta, anois, agus gan fonn eile dá laghad ort do shaol a roinnt le bean (ná le fear, ach oiread): Dhéanfadh cuimilt cúis don chruthaitheoir atá i ngach duine, dar leat, mar shíol a scaipeadh go flaithiúil ar thalamh corrach, áit nach bhféadfadh sé an chré oiriúnach a aimsiú; síol amú, amach is amach, is gan aon saint i gceist, ná seilbh a fháil ar dhuine ar bith, ná neach ar bith a éigniú ná a dhuthshaothrú, ach faoiseamh seal a fháil, peaca an uaignis, más maith leat, a shagairtín, mar a deireadh Breandán, an fear bocht; agus tusa a thuigfeadh, a shagairtín; go deimhin, is tusa a thuigfeadh.

'An ceann céanna arís, más é do thoil é!'

'Is toil!'

Fuair is d'fholmhaigh sé a leath, d'aon ailp amháin, is d'fhill ar a fhóidín mearbhaill féin, agus rith an smaoineamh leis nach raibh le déanamh aige, má b'fhíor don traidisiún, ach a chóta a bhaint de, is é a chur taobh istigh amach, agus bheadh sé ar a chéill in athuair, agus thuigfeadh sé cúrsaí, agus bheadh léargas aige ar an mbealach a bhí le bheith roimhe, ach á chur san áireamh, b'fhéidir, gur fuascailt é sin do dhuine agus é ar strae sa gcoill, nó ar an sliabh, agus go mb'fhéidir nach n-oibreodh sé amach agus fadhb de chineál eile a bheith ar bun, fadhb intinne, fadhb shaoil, athrú saoil nó stádas, cá bhfios? Nó deireadh iomlán, cá bhfios arís? Ach dá ndéanfadh sé amhlaidh, nach é a bheadh ina staic os comhair an tsaoil i láthair na huaire, san áit chiúin, mar dhea, anseo? Agus céard é a cheapfadh na mic léinn dá mbeidís thart — agus bheidís, gan dabht — agus é a fheiceáil ar an dóigh sin?

Nach é a bhí ina chladhaire? Nár chuma céard é a cheapfadh daoine faoi? Claidhreacht, a bhainfeas mo náire dhearg asam.

Ábhar náire a bhí sa ndráma, dar le bean na duaise móire, toisc gur féinmharú a bhí mar fhuascailt na faidhbe ag an triúr úd, toisc nach raibh ann, sa bhfuascailt sin, dar leis an iriseoir, ach claidhreacht! Tuairim agus gan ach tuairim a thug sí, tuairim is a thóin leis, mar ar éigean a d'fhéadfaí breith ná breithiúnas a thabhairt ar an rud a bhreac sí, gan fianaise dá laghad a chur inár láthair gur claidhreacht a *d'fhéadfadh* a bheith ann.

Fear a mhol an rogha sin, duine den bheirt a bhí gafa sa téadrach (.i. má ba í an bhean an damhán alla?). Ionracas a bhí i gceist aige, ionracas a bhí á chosaint aige, má b'fhíor. Agus ní raibh ach an t-aon bhóithrín amháin amach as an gcruachás ina rabhadar, mar a bhí féinmharú, agus gach éinne den triúr páirteach ann (rud atá ag éirí faiseanta ar na saolta seo, de réir na nuachtán).

Ar ndóigh, tá an dá bhealach, ar a laghad, ann, chun cúrsaí a iniúchadh, tá, an diageolaíocht; tá, an fhealsúnacht. Tá diageolaíocht ann a chosnaíonn an féinmharú; tá diageolaíocht eile ann atá ina éadan. Ach is leithne ar fad an fhealsúnacht agus an cheist seo á scrúdú aici; agus má thug sise 'dráma fealsúnachta' ar a raibh uirthi léirmheastóireacht a déanamh, céard chuige nár bhain sí feidhm as an bhfealsúnacht sul má tháinig sí ar an tuairimíocht simplí, fíor-shimplí, a dhiabhail álainn? Bean na duaise móire, a mhic-ó!

Breá nár thug sí faoin litríocht lena cás a bhuachaint! Cén suáilce nó duáilce a bhí ar intinn ag Cú Chulainn, ag Fionn Mac Cumhaill, ag Aicilléas nó ag Siegfreid, nó ag laoch mór ar bith eile, ach an fód a sheasamh agus fáilte a chur roimh an mbás má ba é an bás a bhí i ndán dó? Ba shin é riail na beatha, mar tá an bás i ndán do gach éinne dínn, agus 'tuige nach bhféadfaí dul chun an bháis mar a dhéanfadh fear, mar a rinne ár muintir romhainn, aghaidh a thabhairt don namhaid úd gan aithne, gan trócaire; agus an bóithrín úd a thriail ina dhiaidh, bóithrín atá d'aon treo, treo gan filleadh agus scéal gan chríoch? Nach é an fíorlaoch é an té atá sásta an bóithrín sin a shiúil, slí atá chomh dorcha inniu is a bhí riamh, agus sin in ainneoin bhuanna na teicneolaíochta?

An té atá dána, ní dhiúltóidh sé don dúshlán is mó atá roimhe. Sin go díreach romhat an duine glórmhar, é níos glórmhaire ná na déithe féin, mar a d'aithin an té a scríobh síos *An Táin*, nó *Der Ring der Niebelungen, An Odaisé*, nó *Beatha Íosa Críost* féin; agus ba shin an rogha a bhí roimhe féin, i láthair na huaire, chomh maith le cime ar bith eile sa saol seo, mar atá briseadh amach ón bpríosún, trí ghníomh dána laochais ...

Ach bheadh dualgas air an rud seo a oibriú amach de réir na rúibricí ... páipéar, ar a laghad, a dhéanamh de, agus é a léamh in áit éigin oiriúnach, is é sin a fhoilsiú san iris oiriúnach, dá bhféadfaí, ar ball; agus, ina dhiaidh sin, do mhachnamh a dhéanamh, an áit agus an t-am a roghnú go cúramach don bhriseadh amach, chun go mbeadh gach rud i gceart thús deireadh, is go bhféadfaí sin a aithint: Gníomh fealsúnach, a dhuine!

D'ól sé a raibh sa ngloine. Ní raibh le déanamh aige anois ach an tríú *étage* a chur de, an t-ól a iompar. Amárach, nó amanathar, dhéanfadh sé a dhianmhachnamh. Dáiríre, ní raibh aon deifir i gceist. Cén fáth go mbeadh?

Lá fada eile

Leathuair 'théis a sé ... ar maidin, mais. Cuid éigin den ghile ag sleamhnú isteach sa seomra .... Ach an éireoidh mé inniu, ar chor ar bith? Ceist na milliún, is dócha. Cén fáth go n-éireoinn? Ar chóir dom breathnú isteach sa ndialann, há, há, hááá? Cúis ar bith? Cúis dá laghad. Faic. Faiceáil, mar a deir an ceann eile.

Dá n-éireoinn, agus dá ndéanfainn freastal cuí ar na duibhinnigh ... gabh mo leithscéal, na duáin ... agus dá rachainn isteach sa leaba arís, seans go gcodlóinn. Seans caol ... ach tá sé ann. Tharla sé cheana, ní go minic, ceart go leor, ach sin an t-aon siamsa amháin atá fágtha agam ar na saolta seo, ach amháin obair láimhe, mar a déarfá, nó lámhchairdeas, mar a thug na seandaoine uirthi. Agus amharclann na mbrionglóidí: Níl a sárú le fáil.

Ceart go leor: Tá sin déanta, anois. Is éadroime mé, dá bharr, agus na duibhinnigh ar a suaimhneas. Anois, in ainm Chroim, déanaimis na roghanna atá romhainn a chíoradh, fé dá mba ribí gruaige iad, féachaint an bhfuil éinní beo i bhfolach iontu.

Dá n-éireoinn, cinnte, d'fhéadfainn an bosca a chur ina dhúiseacht agus páirt a ghlacadh athuair sa tsibhialtacht, Dia idir sinn agus an anachain, idir bhuamáil, dhíothú, mharú, agus chéasadh, agus thonn mhór chainte nach gciallaíonn tada mórán.

Bíodh an fheamainn ag an teilifís, agus ag an raidió, lena chois. Níl blas den ealaíon fágtha a thuilleadh sna bréaga náisiúnta agus idirnáisiúnta. Saighdiúirí ag seanmóireacht ó chrannóg Mhamaoin. B'fhéidir go bhfuil Ifreann ann dáiríre agus é beo bíogach inár measc féin, an tIfreann úd a mbíodh an oiread sin cainte faoi lá dá raibh, é leathnaithe anois ó fhíoríochtar Ifrinn ar fud an domhain. Nó ar éigean a d'fhéadfadh Ifreann an Bhíobla a bheith níos measa ná an t-uafás seo i ngach cearn den chruinne. Meas tú, a bhuachaill, an bhfuil an éabhlóid ina stad, nó an amhlaidh atá sé ar bun i gcónaí? Cé a dúirt gur stop sí riamh? Nó b'fhéidir gur ag druidim chun deiridh atá sí anois, agus an duine, ualach na teicneolaíochta go trom ar a dhroim, ag cromadh síos go leibhéal na mbeithíoch? Ach seans go bhfuil a leithéid de chaint, de bhreithiúnas, míchothrom ar na hainmhithe! Nó muide chun tosaigh orthu i mbrúidiúlacht i ndráma seo na héabhlóide?

Más amhlaidh atá, céard é an chéad mhír eile den tragóid? D'eile ach an buama deiridh, an ceann a scriosfas an cine daonna agus gach sineach eile! Dar leis na heolaithe, ní thiocfaidh slán as an bpléascadh úd ach cuid de na feithidí, na seangáin, is dócha, dream atá in ann an-eagar go deo a chur orthu féin. Gheobhaidh siad siúd a seans le sibhialtacht a chruthú ...

> Slad, brad, gargad ar dhuine,
> gáir cheall is chlog na cruinne,
> saint, feall, fionghal go bhféighe:
> Báfaidh pléascadh sin uile.

Má theastaíonn uait, a gharsúin, an codladh a mhealladh chugat, ní mór duit stop a chur le fuálaí na smaointeoireachta. Minic a dúradh a leithéid leat. Feidhm a bhaint as an *mantra* le ruaig a chur orthu. Sin, nó a chur in iúl dóibh, go béasach, ar ndóigh, go ndéanfá cúrsaí a phlé leo, is ea, tráthnóna amárach. Fágtar ina scuaine iad. Ar theacht isteach do gach ceann díobh: 'Ceart go leor. Tuigim. Tráthnóna amárach, le cuidiú Dé. Go raibh maith agat as buaileadh isteach. Slán ... an chéad cheann eile ...'

Ach dá n-éireoinnse anois, cén chaoi a bhféadfainn an lá, fiú go dtí an nóin, a chur isteach? An currach a tharraingt síos go dtí an trá agus cuairt a thabhairt ar Éirinn? Agus ar an gcéibh úd nuachtán an lae a cheannach? Agus, ar ball, é a léamh? Thabharfadh sé sin cúram do chuid mhaith den mhaidin, cinnte, dá mbeinn in ann é a sheasamh, mar cén seans go mbeadh rud éigin fiúntach le léamh ann? Beag an seans. Seafóid, sa gcuid is mó de. Athrá ar mharú na hoíche aréir ... banéigean á chíoradh sa gcúirt ... gadaithe gafa ... polaiteoir eile fós agus a lámh i scipéad an phobail. Nuacht, ab ea? Céard é go baileach is nua, is ní nua, ann anois? *Déjà vu*, a mhac. Gach rud *déjà* diabhalta *vu*. Níl fágtha ionainn ar na saolta seo ach *voyeurs*.

CLEATRÁIL AMUIGH ... SEABHRÁN
In ainm dílis Dé, céard é sin? Eitleán? Ní hea, ach ingearán (nó héileacaptar, ab ea?). Ach cé an t-amadán ...? Ná habair gur ... ach tá ... ag tuirlingt atá sé, agus gan cead dá laghad uaimse. Na péas, meas tú? Ach níl Garda breactha air. Turasóirí, seans. A leithéid de shotal. Agus anois, a dhiabhail, níl an tarna rogha ann ach éiriú, nó 'éirí', mar a déarfása, b'fhéidir, a aingil choimhdeachta? Ach, a dhiabhail, an faolchú. Íosfaidh sé iad!

TRASNA INA SHAINLÉIM GO DTÍ AN FHUINNEOG
'Bran! fan amach uathu! A' gcloiseann tú mé? Lig dóibh ... maith thú.'
Is dócha go gcaithfidh mé mé féin a ghléasadh ... brístí agus léine ... leor sin.

CNAGADH AR AN DORAS
'Fan bómaite.'
Cuirfidh mise ruaig ort, mise i mbannaí ort, mar thurasóir. Seo Críoch Uí Mháille, bíodh a fhios agat, scraiste. Níl fáilte roimh éinne anseo ach amháin roimh na Máilligh. Ní raibh riamh, le breis is 2,000 bliain. Ní bheidh go deo deo na ...
'Cé sibhse? Cé a thug cead daoibh theacht anseo?'
'Gabh mo leithscéal, a dhuine uasail, ach is é an Coimisiún is

cúis leis ... cúrsaí áirithe contráilte ... mionrudaí, a dhuine uasail.'

'Qu'est-ce que c'est que ça? Qu'est-ce que vous avez dit? Je ne comprends pas l'anglais.'

'Ce n'est pas l'anglais ... C'est l'irlandais!'

'Irlandais? Pas interdit?'

'Officiellement pas, mais ...'

'Vraiment?'

'Vraiment!'

Seo romhat l'Inspecteur Pierre Dubois de la Commission. *Cloch na Coille, dealraíonn sé.*

'A votre service, monsieur. Mais regardez bien, on ne permet pas de loups dans le jardin en France. Pas interdit ici?'

'Ch'ais pas, M. l'Inspecteur. Mais l'île, c'est une propriété privée, savez-vous, et les lois ...'

'Vraiment?'

'Vraiment!'

'An Coimisiún, a deir tú ... agus cé thú féin, bail ó Dhia ort?'

'Cigire eile de chuid an Choimisiúin. Mise Pádraig Ó Murchú.'

'Agus cé acu, mar choimisiún?'

'Coimisiún na Forbartha.'

'Qu'est-ce qu'il dit?'

'Je m'explique ... notre présence ici ... il n'a pas reçu la lettre, il paraît.'

'Ní bhfuairis ár litir, mar sin?'

'Il faut obéir à la loi! Il faut lui expliquer les lois de l'Union. Regardez bien, M. le ... comment s'appelle-t-il?'

'Ó Máille. Le Seigneur Ó Máille ...'

'Seigneur? Pas officiellement?'

'Officiellement, bien sûr ... et reconnu par la Reine Lizzi ... pas Lissi ... Isabelle ... oui, il y a 400 ans ...'

'Vraiment?'

'Vraiment! Mais ...'

'Extraordinaire. Mais l'Irlande? C'est une république, n'est-ce pas?'

'Officiellement oui, mais …'

'Vraiment?'

'Vraiment!'

'Céard é atá á rá agaibh?'

'Mise ag míniú cúrsaí … ár gcomhrá …'

'Ach cén fáth a bhfuil sibh anseo?'

'Forbairt, is cúis leis an gCoimisiún.'

'Tuigim sin. Ach?'

'Tá sé ina ordú ag an gCoimisiún go ndéanfaí iarthar na hÉireann a fhorbairt. An t-oileán seo san áireamh, ar ndóigh. Agus tá plean leagtha amach.'

'As bhur gcéill atá sibh!'

'Ná bí buartha. Íocfaidh an Coimisiún as an fhorbairt, gach pingin rua di. Agus beidh tusa, bail ó Dhia ort, id' mhilliúnaí!'

'An script teilifíse í seo?'

'De réir an phlean, tá gá le hóstlann, ceann mór, 400 seomraí, nó mar sin; 500 fostaithe ann, idir fhir is mhná, le freastal ar na cuairteoirí ón Mór-Roinn … Fraincis ar a thoil ag gach duine díobh. Beidh flít bád de dhíth, ar ndóigh. Thart ar 50 siopa de gach cineál. Ach ní bheidh cead ag na … na … *indigènes* cos a leagan anseo.'

'Qu'est-ce-qu'il dit?'

'Il ne comprend pas.'

'Il faut expliquer en français.'

'Il ne comprend pas le français.'

'Vraiment? C'est possible?'

'Vraiment! Mais …'

'Extraordinaire. Pardonnez moi.'

'Agus roinnt rudaí eile. Caithfidh sibh aerstráice a thógáil … agus, go deimhin, an calafort a fhorbairt. Ach íocfaidh an Coimisiún astu uilig. Agus rud beag eile, do churrach. Ní mór duit ceadúnas a bhaint amach mar de réir dlí …'

''dTigh diabhal leis an dlí!'

''Sé dúirt na Gardaí liom …'

''dTigh diabhal leis na péas.'

'Qu'est-ce qu'il dit?
'Plus tard, monsieur … dans un instant …'
'Cac … caca …'
'Regardez bien! Il parle français …'
'Ní theastaíonn uaim a bheith im mhilliúnaí.'
'Qu'est-ce qu'il dit?'
'Il ne veut pas être millionaire.'
'C'est ne pas possible. Mais la loi … il faut obéir …'
'Bien sûr. Mais il est fou à lier … quelqu'un qui ne veut pas être millinonaire … il sera assez facile de l'enfermer, et allons!'
'Voilà!'
'Breathnaigí beirt: Tá deireadh leis an seafóid, leis an script teilifíse, avec les ordinances de la commission. Seo an bhliain 2045 anno Domine, in ionad 1601. Bran!'

FREAGRA ÓN BHFAOLCHÚ
'Cúig nóiméad agaibh le himeacht. Ina dhiaidh sin beidh an faolchú ag plé libh, gan taise gan trua.'
'Qu'est-ce qu'il dit?'
'Il faut quitter l'île ou ce monde … le loup … il a appelé son loup.'
'Vraiment?'
'Vraiment!' Mais …'
'Mais la loi …'
'Allons … depêchez vous … les lois plus tard … deux médecins … allons.'
'Ceithre nóiméad fágtha.'

AN DORAS Á PHLABADH … COISCÉIMEANNA AG IMEACHT Ó ÉISTEACHT GO TAPAIDH. GÁIR ÓN BHFAOLCHÚ.
'Bran! Bran! Fan amach uathu. Fan amach uathu, a deirim.'

GÁIR ÓN BHFAOLCHÚ
An tsibhialtacht, mais. Monsieur Mais agus Monsieur Vrai, Dia linn. Mise faoi ghlas acu agus teach na ngealt is ciseán cosamair á dhéanamh acu den oileán, idir phlaisteach, bhuidéil bhriste agus chraicíní. Forbairt a dhuine! An tseafóid á forbairt!

Ma pauvre mère. Ma pauvre île. Liberté, égalité, fraternité: Mo thóin Ghaelach.
Dar mo mhion is mo chion ach do shéid an ghaoth mar smál,
Donn agus Crom is an méid a bhí ina bpáirt.
Tá Fionn agus Conn is a saol, mais, imithe le fán,
is an Aontacht féin, is cinnte go bhfaighidh sí bás.
Maith dom é, a Eoghain an bhéil bhinn. Ach tá sé ina bháisteach, arís. *Je ne pleus pas, tu ne pleus pas, mais il pleut* agus, dá bhrí sin, tearmann na leapan … d'eile, a aingil choimhdeachta?

GÁIR EILE ÓN BHFAOLCHÚ. FUAIM AN INGEARÁIN IS É AG IMEACHT. TORANN NA BÁISTÍ IS AN GHAOTH ANIAR.